너라는 이름의 숲

너
라는
　이름의

　숲

아밀 장편소설

허블

| 차 례 |

사계절의
그
대

1

돌아와요, 21세기로

꿈과 낭만의 시대로

다가올 파국도 아랑곳없이

사랑하던 세계에서

오랫동안 기다려 왔어

바로 그대를

소녀가 이채를 가리키며 윙크했다. 긴 머리를 땋아 내리고 긴 다리를 모으고 서서 긴 속눈썹을 깜빡이는 소녀였다. 지구상에 더 이상 존재하지 않는 앙고라토끼의 털로 된 값비싼 빈티지 카디건과 스커트 셋업을 입고, 이제는 너무나 귀해서 한국에는 한 해에 열 켤레도 채 수입되지 않는 소가죽 롱부츠를 신고, 21세기에 흥행했던 프랑스 영화의 여주인공이 쓰고 나왔던 것과 비슷한 빨간 베레모를 쓰고 있었다. 소녀는 동그스름한 핑크색 손톱이 반짝이는 손가락들을 하늘하늘 움직여 보였다. 20세기에 유행했고 21세기에 한 번 더 유행했던 일본 시티팝풍 음악의 클라이맥스에 맞춰 소녀는 날씬한 골반을 좌우로 경쾌하게 흔들며 춤을 추다 한 바퀴 빙글 돌았다. 그 궤적을 따라 소녀의 주위에서 벚꽃들이 피어났다. 한국인 중에는 실제로 맡아본 사람이 거의 없을 달콤하고 그윽한 향기가 훅 피어올랐다. 그 향기 너머에서 소녀는 아련히 손을 뻗다가 흩날리는 벚꽃잎들 속으로 자취를 감췄다.

음악이 끝났다.

그리고 다시 시작되었다.

37회째 재생이었다. 이채가 반복 재생으로 틀어놓은 가상현실 입출력기가 〈사계절의 그대〉 뮤직비디오를 이채의 뇌 속에 끊임없이 펼쳤다. 소녀의 춤추는 모습이 이채의 시각피질에, 목소리와 반주가 청각피질에 전달되었다. 〈사계절의 그대〉의 배경이 되는, 옛 지구에 존재했던 네 가지 계절이 이채를 에워쌌다. 이채의 후각피질은 한 번도 후각수용체로 입력된 적 없는 벚꽃향기와 풀냄새를 받아들여 처리했다. 집속초음파가 이체의 체성 감각을 건드려 살갗에 와 닿는 후끈한 열기와 차가운 눈송이의 감각을 불러일으켰다. 그 모든 감각 사이에서 소녀는 노래하고

9

춤을 췄다.

오랫동안 사랑해 왔어
바로 그대를

소녀가 다시금 이채를 가리키며 애틋한 눈빛으로 사랑을 말했다.

그러나 이채는 소녀에게 관심이 없었다.

이채는 카펫 깔린 바닥에 앉은 채 초콜릿 아이스크림을 먹고 있었다. 전 지구적 사막화로 얼마 남지 않은 경작지에서 수확한 진짜 카카오로 만들어진 귀한 아이스크림이었다. 한 손으로 아이스크림 통을 들고, 다른 한 손으로는 숟가락을 놀렸다. 아이스크림을 숟가락으로 푸고, 입으로 숟가락을 가져가고, 아이스크림을 빨아 먹고, 다시 숟가락을 통 안으로 가져갔다. 이채는 아무런 생각 없이 그 동작을 반복하고 있었다. 뮤직비디오가 아무리 생생하게 사계절을 재현해도 이채는 그것을 느끼지 못했다. 지금 이채의 시간은 흐르지 않았다. 이채는 평온하고도 명상적인 한순간 속에, 혹은 영원 속에 있었다.

오로지 먹고 있을 때만 그것이 가능했다. 지금처럼 진짜 음식을 마음껏 먹고 있을 때 이채는 시간을 잊었다. 어렸을 때는 한 번도 경험해 본 적 없는 사치. 사치를 누리는 동안에야말로 자신의 어두운 과거도, 나이 들어가고 있다는 것도, 뒤처지고 있다는 것도 잊었다. 그런 것들을 잊어도 괜찮다는 느낌이 들었다. 이채에게 먹는 것을 허락해 주는 작고 안전한 세상이 있었으니까.

맛있기도 했다. 그래서 좋았다. 그런데 이상하게도 맛은 처음 두어 숟갈 이후로는 잘 느껴지지 않았다. 이채를 정말로 행복하게 하는 것은 맛보다도 먹는 행위 자체였다.

영원히 이러고 있을 수만 있다면…

하지만 무엇도 영원하지 않았다. 아이스크림 통 밑바닥이 드러났을 즈음 삑 소리와 함께 안내 음성이 흘러나왔다.

"이미경 님이 통화를 요청합니다."

이채는 화들짝 놀라 등에 받치고 있던 쿠션 뒤로 아이스크림 통을 숨기고, 가상현실 입출력 헬멧을 벗어 던졌다.

하지만 너무 늦었다. 아이스크림 통이 문제가 아니었다. 이채 앞에는 감자칩 봉지, 떡볶이 포장 용기, 선인장 술병, 캐러멜 머핀 껍질이 널려 있었다. 이걸 다 치우고 전화를 받을 순 없었다. 씻는 중이어서 못 받았다고 거짓말할까? 아니, 그러면 탄로 날 것이다. 매니저 미경은 이채의 집 온수가 언제 켜졌다 꺼졌는지, 냉장고 문이 언제 열렸다 닫혔는지도 알아내려면 알아낼 수 있었다. '아티스트 관리'라는 미명하에 홈 시스템 접근 키를 갖고

11

있었기 때문이다.

"…수신."

이채는 체념하고 명령했다. 곧바로 벽 스크린이 켜지고 미경의 얼굴이 커다랗게 나왔다.

미경이 날카로운 눈으로 집 안을 둘러보았다. 이채도 덩달아 시선을 돌렸다. 자신이 먹고 남긴 흔적들이 살풍경하게 눈에 들어왔다. 언제 저것들을 다 먹었지? 기억이 잘 나지 않았다.

"야, 이채."

미경이 다그치자 이채는 낮게 욕을 내뱉었다.

"욕하지 말랬지! 습관 되면 카메라 앞에서 실수해!"

미경이 얼굴을 카메라 앞에 바짝 들이밀었다. 속상하면서도 화가 난 표정. 그 표정을 마주하자 이채는 금세 죄책감이 들었다. 수치심도, 분노도.

후회할 걸 뻔히 알면서 왜 먹었을까? 처음에는 떡볶이가 시작이었다. 떡 다섯 개, 어묵 두 개만 먹자고 다짐했다. 하지만 스스로를 주체하지 못하고 떡볶이 1인분을 다 먹어버렸다. 그것만으로도 문제였지만 적어도 거기에서 멈췄어야 했다. 그런데 멈추지 못했다. 이미 오늘 다이어트는 망쳤으니 아예 막 가버리자는 생각에 냉장고에서 머핀과 술을 꺼냈다. 뜨거워진 입 안에 차갑고도 뜨거운 액체가 쏟아지고 달콤하고 부드러운 빵 조각이 들어갔다. 황홀했다. 다정했다. 그 맛들이 자기들은 이채의 편이라고 속삭였다. 그 순간만큼은 진정한 위안을 받았다. 그것이 계속되기를 바랐다. 끝나는 게 무서웠다. 그래서 감자칩을 뜯었다. 아이스크림을 꺼냈다.

이렇게까지 스스로의 행동이 통제가 안 되다니. 등신같이.

> 🔘 이번에 이채 살쪘던데?
> 🔘 출근 영상 보니까 뱃살 접히더라 ㅋㅋㅋㅋ 뭔 용기로 크롭티를 입었는지
> 🔘 예능 나와서 잘 먹으면서 안 찌는 척하더니 그냥 돼지였음
> 🔘 솔직히 이채는 퇴물이지 요즘 누가 이채 좋아하냐

아까 본 악플들이 머릿속을 스쳤다. 이것도 마찬가지였다. 악플을 찾아보지 않겠다고 약속했는데. 정신 건강에 안 좋기만 하다고, 보지 말라고 미경 언니가 신신당부했는데. 굳이 찾아봤고, 스트레스를 받았고, 그래서 먹고 말았다. 악순환이었다.

배 속에 들어 있는 아이스크림과 감자칩과 머핀과 선인장 술과 떡볶이가 빙글빙글 소용돌이치는 것 같았다. 지금도 세상에는 아이스크림은커녕 대체식밖에 못 먹는 사람이 수두룩한데. 이채 자신도 한때는 그런 형편이었는데. 폭식하는 습관이 대중에게 알려지면 득달같이 욕을 먹겠지. 음식 아까운 줄 모른다고,

개구리 올챙이 시절 생각 못 한다고, 못 먹고 자란 티 낸다고. 이채는 당장 화장실로 달려가 토하고 싶어졌다.

미경은 이채의 표정을 읽기라도 한 듯 엄하게 얼굴을 굳히며 말했다.

"너는 아이돌이잖아. 몸 관리를 해야지. 진짜 미인이어야 한다고."

"…알아."

이채는 수없이 들었던 말에 무감각하게 대꾸했다.

미경의 말이 옳았다. 아이돌은 몸을 관리해야 한다. 누가 어디서 맨눈으로 목격하더라도 예쁘다고 말할 만한 진짜 미인이어야 한다. 그게 아이돌의 의의였다. 그걸 모르고 데뷔한 게 아니었다.

보통 사람들은 가상현실 속에서 스스로를 보정한다. 뚱뚱한 사람은 날씬한 몸으로, 못생긴 사람은 예쁜 얼굴로 변신한다. 작은 키는 키우고, 다리 한쪽이 없는 사람은 가상의 다리를 만들고, 말 못하는 사람은 유창하게 말할 수 있게 된다. 옷장에 허름한 실내복밖에 없더라도 가상현실 속에서는 매일 다른 옷으로 패션쇼를 벌이고, 몇 달 동안 집 밖에 한 발짝도 나가지 않으면서도 가상현실 속에서는 세계 여행을 다니고, 애인이 없어도 가상현실 속에서 근사한 애인을 만난다. 먼지 폭풍과 전염병 때문에 사람을 만나기 어려워도 가상현실에 접속하면 누구든 만나서 대화를 나누고 얼마든지 포용할 수 있다. 대체식의 발전이 인류를 식량난으로부터 구원해 주었다면, 가상현실의 발전은 인류의 불행을 치유하는 약이 되어주었다. 가상현실을 통하면 무엇이든 할 수 있다.

사람들이 그것에서 느끼는 염증까지 치유하지는 못했지만.

가짜 음식, 가짜 아름다움, 가짜 만남, 가짜 감각으로 이루어진 삶에 싫증이 난 사람들은 진짜에 집착했다. 진짜 채소와 고기와 과일과 향신료로 만들어진 음식을 원하고, 진짜 꽃과 초원과 호수를 구경하며 진짜 맑은 공기를 마시고 싶어 하고, 진짜 사람을 만나 진짜 체온을 나누고 진짜 사랑을 하고 싶어 했다. 그러나 그것들은 너무 비싸거나, 위험하거나, 번거롭거나, 더럽거나, 존재하지 않았다. 그래서 그걸 안전한 거리에서 구경하는 콘텐츠가 각광받기 시작했다.

아이돌도 그런 콘텐츠 중 하나였다.

"기억해, 네 경쟁 상대는 버추얼 아이돌들이야."

미경이 차근차근 말했다.

"걔네는 춤이면 춤, 노래면 노래, 외모면 외모, 뭐든 완벽해. 사람들이 너 같은 리얼 아이돌을 좋아하는 이유는 네가 진짜이면서도 버추얼 아이돌만큼이나 완벽하기 때문이야. 네가 완벽하지 않으면 사람들은 떠나게 되어 있어."

"알아, 언니. 안다고."

이채는 쏟아지는 잔소리를 막으려 재빨리 받아쳤다.

"나도 노력하고 있어. 언니가 하란 대로 했다고. 언니 전화하기 전까지 〈사계절의 그대〉 뮤직비디오 돌려봤어. 나는 이채다, 나는 이채다, 난 딱 저렇게 빛나야 한다, 빛날 수 있다 생각하면서."

"그러면서 아이스크림을 퍼먹었어?"

"그러니까."

짜증이 치밀어 언성이 높아졌다. 무엇보다도 자기 자신에 대한 짜증이었다.

"모르겠어, 뮤비를 볼수록 스트레스받는 기분이었어. 저 애는 내가 아닌 것 같고. 뭘 어떻게 해도 쟤를 따라잡을 수 없을 것 같고. 사람들은 그게 진짜라고 좋아하지. 하지만 내 눈에는 도무지 나처럼 보이지 않는걸. 진짜 나는…"

불현듯 눈물이 터져 나왔다.

이상했다. 술기운 때문인가? 방금 전까지 의식하지 못했던 감정이 북받쳤다. 진짜 나는, 진짜 나는 뭐지? 뭐라고 설명해야 할지 전혀 떠오르지 않았다.

하지만 한 가지 분명한 게 있었다.

'진짜 나는 인기가 떨어지고 있어.'

열일곱 살에 〈사계절의 그대〉라는 초유의 히트곡으로 데뷔했을 때만 해도 '국민 여자친구'라는 별명을 얻었던 이채였다. 그런데 불과 4년 사이에 또 다른 어리고 예쁜 리얼 아이돌들이 치고 올라왔고, '국민 여자친구'라는 라벨은 다른 소녀에게로 돌아갔다. 그 와중에 미경 말대로 버추얼 아이돌들이 끊임없이 이채의 자리를 위협했다. 그동안 이채는 노력했지만, 데뷔 때보다 오히려 훨씬 더 노력했지만, 인기란 이채의 노력과 무관하게 주어졌다가 빼앗기는 것 같았다.

　얼마나 더 진짜 같아 보여야 사랑받을 수 있나? 얼마나 더 완벽해 보여야 사랑받을 수 있지? 완벽한 모습을 보이려고 할수록 사람들에게 거짓말하는 것 같고, 진짜가 되려고 할수록 진짜 자신을 모르게 되어가는 것 같았다.

　"이채야."

　미경이 낮은 목소리로 달랬다.

　"그게 왜 네가 아니야? 〈사계절의 그대〉는 분명 너야. 네가 해낸 일이야. 그 노래도, 춤도 다. 외모도 마찬가지야. 넌 진짜로 날씬하고 예뻤는걸."

　"어쨌든 과거형이잖아."

　"지금 너 살쪘으니까."

　살쪘으니까.

무미건조한, 사실 그대로를 지적하는 한마디였다. 그런데 그 한마디가 세상에 더없는 악담처럼 들려왔다. 살쪘으니까. 살쪘으니까. 그 말이 숨통을 조여 오는 것 같았다.

"4킬로그램이나 쪘잖아. 너무 복잡하게 생각할 것 없어. 과거의 이채는 지금의 네가 뛰어넘을 수 없는 무슨 대단한 존재인게 아니야. 그냥 단순하게, 몸무게를 원상복구 해봐. 그러면 사람들이 좋아할 거야."

"하지만…"

이채는 울음을 간신히 추스르며 말을 이었다.

"하지만 살만 뺀다고 다는 아니잖아. 저번 음원 판매량이 저조했던 것도 내가 살쪄서 그랬던 게 아니었어. 그때까지만 해도 43킬로그램이었다고."

"그것까지 네가 생각할 필요는 없어."

미경이 다시 엄하게 표정을 굳혔다.

"지금 회사에서 다음 콘셉트 열심히 준비하고 있는 거 알잖아. 그동안 너는 네 할 일을 하면 되는 거야. 노력하지도 않으면서 징징거릴 거야? 이런 거 먹을 시간에 스쾃이라도 해."

미경이 바닥에 놓인 아이스크림 통을 가리켰다. 통은 가상현실 입출력 헬멧과 나란히 놓여 있었다. 방금 전까지만 해도 아름다운 진짜의 환상을 펼쳐 보였던 헬멧은 빈 아이스크림 통과 등을 맞댄 채 초라한 모습으로 널브러져 있었다.

미경의 말이 옳았다. 자신이 할 일을 하는 수밖에 없다. 어차피 아이돌을 그만둘 것도 아니니까. 아이돌이 아니라면 무엇을 해야 할지도 몰랐다.

하지만 막막했다. 노력이라면 옛날부터 했다. 아주 어렸을 때부터. 날씬해지려고, 예뻐지려고, 사랑받으려고 끝없이 애를 썼다. 지금에 와서는 〈사계절의 그대〉의 자신이야말로 완벽했던 것 같지만 정작 그때는 그렇게 생각하지 않았다. 살이 찌면 어쩌나, 무대에서 실수하면 어쩌나, 말투가 밉보이면 어쩌나, 누군가가 흉보면 어쩌나 매 순간 전전긍긍했다. 이런 전전긍긍에는 끝이 없을 것 같았다.

미경이 앞으로의 스케줄을 이야기하기 시작했다. 이채는 무릎을 끌어안고 앉아서 미경의 말을 들었다. 서러움이 차차 진정되고 배 속은 더 거북해졌다. 목구멍까지 차오른 포만감이 불쾌하기 그지없었다. 머릿속에는 통화가 끝나자마자 토해야겠다는 생각뿐이었다.

2

"다 봤으면 이제 돌려줘."

다온이 진하를 툭툭 치며 말했다. 일부러 큰 소리로, 주변 아이들에게 다 들리게끔. 진하는 한 박자 늦게 다온의 손길을 알아차리고 허둥지둥 헬멧을 벗었다. 황홀한 표정이었다.

숲은 그들의 대화를 무시하고 싶었지만, 바로 옆 분단 같은 줄이었기 때문에 듣지 않으려야 않을 수가 없었다.

"야, 미쳤다."

"대박이지?"

다온이 의기양양하게 물었다. 진하는 힘차게 고개를 끄덕였다.

"태블릿으로 볼 때랑은 전혀, 전혀 달라. 이채 존나 예쁘다. 목소리도 훨씬 생생하고, 향기도 좋고…"

"그치! 어쩌면 그럴 수가 있지? 이채가 사람이라니!"

다온이 흥분해서 소리를 질렀다. 진심으로 아이돌에게 감탄해서 하는 말처럼 들렸지만 숲은 그게 아니라는 걸 알고 있었다.

다온은 자랑하고 싶은 것이다. 이 반에서 유일하게 가상현실 입출력기를 소유한 자신의 권능을.

"아이돌 영상은 무조건 가상현실로 봐야 해. 태블릿으로 보는 거랑은 차원이 다르다고."

다온이 '차원'을 또박또박 강조하며 말했다.

"빌려줘서 고마워. 내일도 빌려주는 거지?"

"당연하지. 2교시 쉬는 시간에는 무조건 너한테 예약된 거야. 너는 내 절친이니까."

다온이 턱을 치켜들며 웃었다. 그 순간 진하는 아이돌을 보듯 경이로운 눈으로 다온을 보았다.

사실 다온은 어떤 의미에서 이미 아이돌이긴 했다. 이 학년에서 제일 예쁜 아이로 손꼽히는 데다 돈도, 인기도 많으니까. 공부도 그럭저럭 잘하는 편이었다. 서울 아이들 중 상당수는 서울을 벗어나지 못했지만, 이 학교의 2학년 아이들 중 졸업 후 출세해 남쪽으로 내려가는 아이가 있다면 그건 분명 다온일 것이다.

숲도 공부를 했지만, 그건 진로를 위해서가 아니었다. 숲은 다온과 달리 공부해 봤자 미래가 막막했다. 다만 공부하는 게 좋았고, 지금이 아니면 공부를 다시 하기 어려우리라는 걸 알았다.

"다음 시간에는 나 빌려주는 거 잊지 마"라고 앞줄에 있던 아이가 말하자 다온은 "당연하지"라며 그 애와 하이파이브를 했다. 그러자 다온에게 헬멧을 빌리기로 예약한 아이들이 너도나도 손을 내밀었고 다온은 한 명 한 명에게 돌아가며 하이파이브를 해주었다. 다온의 '절친'이 되지 못한 아이들은 부러움의 눈길을 보냈다. 그러는 동안 숲은 자기 태블릿만 들여다보았다.

아이들은 모두 가상현실을 경험하고 싶어 했다. 학교에서 대여해 주는 태블릿은, 이 물자 귀한 시대에 그것만으로도 감사하라고 선생님들은 말하지만, 아이들에게는 벗어나고픈 현실과 다르지 않았다. 태블릿이란 곧 공립학교를, 대면 수업을, 서울을, 가난을, 먼지 폭풍을, 전염병을 상징했으니까. 반면 가상현실은 그 자체로 신분 상승을 의미했다. 좋은 사립학교는 모두 가상현실로 운영된다. 제대로 된 가상현실 장치를 살 수 있고 값비싼 등록금을 낼 수 있을 만큼 여유 있는 집안의 아이들은 공기청정시스템이 갖춰지고 깨끗하게 소독된 안전한 집 안에서 한 발짝도 나가지 않고 선생님과 친구들을 만나며 대학 입시를 준비할 수 있었다. 그런 다음 가상현실 회사에 다니거나, 가상현실 법정에서 판결문을 읽거나, 가상현실 분야 사업을 차리거나, 가상현실로 상담을 하거나, 가상현실 설비를 만드는 공장을 운영했다. 이 시대의 중산층은 가상현실이라는 토대 위에 자리 잡고 있었다.

하지만 숲은 가상현실에 관심이 없었다. 관심을 가질 수도 없었다.

"나도 연예인 될 수 있겠지? 배우 오디션 보면 붙을까?"

다온이 지금껏 수십 번은 했던 말을 또다시 꺼냈다. 진하가 고
개를 끄덕이며 또다시 안심시켰다.

"넌 틀림없이 될 거야. 예쁘고, 연기도 잘하잖아. 연극반 탑인
걸. 그리고 우리 학교 출신이라고 하면 기획사들이 좋게 봐주지
않을까?"

다온이 상상만 해도 흥분된다는 듯이 말했다.

"그렇겠지. 이채가 나온 학교니까. 나는 선배가 학교 다닐 때 왜
말 한번 걸어본 적 없을까? 좀 친하게 지냈으면 좋았을 텐데."

"그때만 해도 이채 선배에 대해 전혀 몰랐잖아, 우린."

숲은 슬슬 이어폰을 끼고 저 말소리들을 차단하고 싶어서 견
딜 수 없어졌다. 하지만 그건 현명하지 못한 처사였다. 지금 다
온과 아이들은 자기네 대화를 숲에게 들려주고 싶어서 저러는
거니까. 이럴 때 숲이 이어폰을 끼면 보복이 돌아오기 십상이었
다. 숲이 화장실 간 사이에 다온 패거리가 이어폰을 망가뜨리거
나 없앤 적도 여러 번이었다. 이어폰은 비쌌고, 학교에서는 한
개밖에 지급하지 않았다. 이어폰을 새로 사야 한다고 엄마에게
말하는 게 얼마나 미안했는지 모른다. 숲은 이어폰 없인 살 수
없었다.

엄마에게는 이어폰이 없으면 과제를 할 수 없다고 둘러댔지만, 그건 사실이 아니었다. 태블릿만 있어도 수업 듣고 과제 하는 데에는 큰 문제가 없다. 음악을 자유롭게 들을 수 없는 게 문제였다. 등하굣길에, 점심시간에, 또는 다온 패거리가 숲에게 관심을 기울이지 않는 쉬는 시간에 이어폰으로 듣는 음악이 숲을 지탱해 주는 힘이었다.

아이들도 그걸 알았다. 아주 민감하게 알아차렸다. 그래서 싫어했다. 숲이 음악 듣는 것도, 공부하는 것도.

다온과 아이들이 깔깔거리며 연예인들에 대한 가십을 떠드는 동안 숲은 태블릿으로 다음 수업에서 할 발표 자료를 열어보았다. 주변이 시끄러워서 집중이 잘 안됐지만 다 외우다시피 한 내용을 또 들여다보는 것뿐이었다. 21세기에 닥친 기후 위기에 인류가 얼마나 어리석게 대처했는지에 대한 이야기였다. 익숙했다. 역사, 과학, 문학, 철학 모두 짚고 넘어가는 대목이었으니까.

어렵지는 않았다. 하지만 하고 싶지 않았다. 가능하다면 발표는, 아니 아이들의 이목이 쏠릴 만한 일은 무엇이든 피하고만 싶었다. 그러나 숲이 발표를 잘해도, 잘하지 못해도 돌아오는 것이 적의뿐이라면 자신에게 부끄럽지 않을 만큼은 최대한 잘하고 싶었다.

마침내 수업 종이 울렸다. 아이들이 마지못해 각자의 자리에 가서 앉았고, 잠시 뒤 선생님이 들어왔다.

역사 선생님은 나이 지긋한 할머니였다. 카리스마나 유머가 있는 편은 아니어서 아이들이 따르지는 않았다. 선생님은 아이들이 따라오든 말든 체념한 것 같았다. 사실 체념 어린 분위기는 선생님 대부분에게 있었다. 아이들도 선생님들도 서로에게 많은 것을 기대하지 않았다.

"다들 태블릿 켜렴. 지난 시간에는 21세기 초 지구에 나타난 각종 이상 징후에 관해 이야기했었지. 오늘은 각국의 탄소중립 정책, 기후변화 회의를 다룰 거야. 오늘 발표하기로 한 학생이 누구였지?"

숲이 조용히 손을 들었다. 선생님이 숲을 무심히 넘겨다보고는 시선을 돌렸다.

"그래, 그럼 일단 진도 나가자. 이따 선생님이 부르면 앞으로 나오렴."

"네."

선생님이 스크린에 수업 자료를 띄웠다. UN 소속 국가들의 기후 정책이 정리된 도표가 올라왔다. 선생님이 도표를 가리키며 차분히 수업하는 동안 숲은 주위 아이들을 흘끔 둘러보았다. 아이들은 수업에 집중하지 않는 것은 물론이고 소리 없이 웃으며 서로에게 눈짓하고 있었다. 그중 몇몇은 숲을 흘겨보면서 자기들끼리 무언가 메시지를 주고받는 듯 태블릿을 바쁘게 두들겼다.

또 무슨 꿍꿍이가 있는 걸까. 지난번 국어 시간에는 발표 도중에 온갖 짓궂고 공격적인 질문들을 던져서 숲을 당황하게 했다. 결국 선생님이 발표를 중단시켰다. 숲은 준비한 것을 다 말하지 못했지만, 발표 자료를 제출했기에 점수는 차질 없이 받을 수 있었다.

이번에도 그럴 것이다. 아이들이 방해하든 말든, 숲은 자신의 세계만 단단하게 지키면 됐다.

선생님의 말소리가 멀리서 나는 듯 먹먹히 들려왔다. 숲 자신의 심장 소리가 더 크게 고동쳤다. 긴장하는 자기 자신이 싫었다. 숲은 긴장할 것 하나도 없다고 스스로를 다그쳤다.

허다온

발표 파이팅!

태블릿 화면에 메시지가 떴다. 다온의 메시지였다. 메시지 옆에는 이채가 최근 콘셉트 사진에서 쓰고 나왔던 것과 같은 리본 액세서리 스티커로 꾸민 다온의 프로필 사진이 있었다.

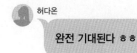

허다온

완전 기대된다 ㅎㅎ

연이어 메시지가 떴다. 숲은 대답하지 않고 두 메시지를 모두 삭제했다.

"자, 그럼 여기까지 하고…"

선생님이 태블릿을 교탁에 내려놓으며 숲을 보았다.

"정숲, 자료는 준비해 왔지?"

"…네, 클라우드에 올려뒀어요."

"그럼 나와서 이야기해 볼까?"

선생님이 교탁에서 비켜섰다. 숲은 교탁에 비치된 태블릿 앞으로 천천히 걸어가서 급우들을 마주하고 섰다. 아이들은 히죽히죽 웃던 걸 멈추고 기대감 어린 눈빛으로 숲을 쳐다보고 있었다. 이쯤 되니 숲은 차라리 마음이 편해졌다.

될 대로 되라지.

태블릿을 두드려 클라우드에 올려둔 파일을 열었다. 상자 모양의 아이콘이 열리면서 화면이 밝아졌다. 파일이 로딩되는 1초의 시간이 1분처럼 느껴졌다.

마침내 화면이 바뀌었을 때, 숲은 가슴이 철렁 내려앉았다.

나는 가저증 환자입니다

커다랗고 새빨간 글씨와 함께 기괴하게 일그러진 숲의 얼굴 사진이 교실 앞 스크린을 가득히 채웠다.

글씨가 빨간색과 흰색을 오락가락하며 번쩍거렸고, 사진 속 숲의 이목구비가 꿈틀거리며 괴물처럼 변했다. 사방에서 웃음이 터져 나왔다. 아이들이 시끌벅적하게 환호성을 질러댔다. 숲은 재빨리 파일을 닫았지만, 글씨와 사진은 망막에 새겨진 듯했다. 얼굴이 화끈거려서 타들어 가는 것 같았다.

"그만, 그만!"

선생님이 소리쳤지만, 소란은 잦아들 기미가 보이지 않았다.

"가저증자래!"

"맨날 시치미 떼더니 제 입으로 고백하네?"

"병신 새끼."

"꼴에 발표 좋아하네."

숲은 고개를 푹 수그렸다. 몸은 불타는 것 같은데 마음은 어딘가 먼 곳에 있는 듯 멍했다. 머릿속에서는 어쩌다 이런 일이 일어났는지에 대한 부질없는 의문이 치달았다. 아까 쉬는 시간에 파일을 확인했을 때만 해도 아무 이상 없었는데. 그러면 수업 시작 후에 누가 클라우드의 파일을 덮어쓰기한 모양이었다. 누구

28

짓인지도 알아내려면 알아낼 수 있으리라.

그게 무슨 소용이 있기는 한가?

"다들 그만해!"

선생님이 교탁을 탕탕 쳤다. 아이들의 수런거림이 서서히 잦아들었다. 선생님의 호통이 먹혀서가 아니었다. 이만하면 충분히 숲에게 모욕을 줬다고 생각하는 것이다. 연극의 한 장면이 끝나고 다음 장면으로 넘어갈 타이밍이었다.

"이게 어떻게 된 일이야? 누가 파일을 바꿔치기했어?"

선생님이 숲 옆으로 다가와 태블릿을 확인했다. 숲도 옆에서 같이 봤다. 파일 수정 내역에 기록이 남아 있었다. 그런데 뜻밖의 기록이었다. 5분 전에 숲 자신의 계정으로 파일을 덮어쓰기한 것으로 되어 있었다.

선생님이 숲을 돌아보았다. 숲은 고개를 저었다.

"제… 제가 아니에요. 누가 제 계정을 해킹했나 봐요. 아니면 비밀번호를 알아냈거나…"

선생님이 미간을 찡그렸다.

"그래?"

선생님은 그렇게 되묻고 5초쯤 침묵했다. 침묵이 교실 전체를 채웠다. 아이들은 이제부터 선생님이 어떻게 하나 흥미진진한 시선으로 지켜보고 있었다.

숲은 그 침묵에서 많은 것을 읽었다. 골치 아프다는 감정. 성가시다는 감정. 누가 저지른 짓인지 잡아내기 위해 수업을 중단하고 이 반 전체를 뒤집어엎어야 하나 갈등하는 것 같았다. 그리고 미세하지만 놓칠 수 없는 경멸감도 엿보였다.

숲은 견딜 수 없이 외로웠다.

"얘들아."

선생님이 한숨을 쉬고 말을 이었다.

"숲을 이렇게 괴롭히면 안 돼. 숲이 너희에게 무슨 잘못을 했다고 그러니? 가상현실 저항증은 아칸타 바이러스의 후유증일 뿐이고, 누구나 걸릴 수 있는 거야. 알면서 그러니?"

원칙적으로는 선생님의 말이 맞았다. 가상현실 저항증은 수십 년째 유행 중인 악명 높은 바이러스 '아칸타'가 낮은 확률로 남기는 후유증이었다. 그런데 그 후유증이 너무 불가사의하고도 꺼림칙했기에 사람들은 아칸타를 곧 가상현실 저항증의 다른 이름으로 생각하기에 이르렀다. 이 후유증을 앓는 사람은 가상현실에 접속하면 속이 메슥거리거나, 발작이 일어나거나, 정보 입출력에 오류가 일어나 기기가 엉뚱한 감각을 전달해 주거나 내리지도 않은 명령을 인식한다. 그래서 남들처럼 가상현실을 이용하는 것이 불가능하다. 원인도, 치료법도 밝혀지지 않았다.

열두 살 무렵 아칸타에 걸려 고열과 설사로 앓아누웠다가 낫고 나서 병원에서 가상현실 저항증 판정을 받았을 때, 숲은 그게 무슨 의미인지 잘 몰랐다. 당장의 생활은 달라지지 않았으니까. 머리가 좀 굵어지고 나서야 깨달았다. 가상현실 저항증이 있으면 버젓한 직업을 가질 수 없다. 요즘처럼 수많은 업무가 가상현실로 처리되는 세상에서 숲 같은 사람이 할 수 있는 일은 많지 않다. 당연하게도 숲과 결혼하고 싶어 하는 사람도 많지 않고, 숲과 어울리고 싶어 하는 사람도 많지 않을 것이다. 숲은 가상현실이 약속하는 낙원에 들어갈 기회를 처음부터 박탈당했다. 물론 이 반 아이들 중 성인이 되어 그 낙원에 정말로 들어갈 수 있는 경우는 손에 꼽을 것이다. 하지만 가능성은 그 자체로 계급이었다.

아이들은 자신들보다 열등한 존재를 알아보았고, 그런 존재를 괴롭히는 데에서 위안을 찾았다. 무슨 위안? 나 정도면 괜찮다는 위안? 이때만큼은 우리가 한마음 한뜻이라는 위안? 집에서 얻어맞아도 학교에서는 분풀이를 할 수 있다는 위안? 미래를 잊을 수 있다는 위안? 그런 건 아무도 구체적으로 생각하지 않았다. 다만 아이들은 눈앞에 위안거리가 있으면 놓치지 않고 붙잡으려 했다. 그러지 않고서는 견디질 못했다.

"너희가 아프고 약한데 괴롭힘까지 당한다고 생각해 봐, 얼마나 힘들겠니?"

선생님이 훈계를 이어갔지만 귀 기울여 듣는 아이는 거의 없었다. 몇몇은 노골적인 비웃음마저 띠고 있었다. 가상현실 저항 증자를 싫어하고 차별하는 것은 누구보다도 어른들이었다. 그러면 안 된다는 말에는 설득력이 없었다. 선생님 자신도 그 사실을 잘 알았다. 그래서 오래 아이들을 꾸중할 의지는 없어 보였다. 그래봤자 이런 괴롭힘은 또다시 벌어질 게 뻔했다.

그 와중에 고개를 주억거리며 선생님의 말을 진지하게 경청하는 아이가 하나 있었다. 바로 허다온이었다.

다온은 늘 저런 식이었다. 숲은 이 사건의 배후에 직접적으로든 간접적으로든 다온이 있을 것이라고 생각했다. 아까 보낸 "파이팅!"이라는 메시지도 당연히 이 모든 작전을 알고서 비꼬는 의미로 보낸 것일 터였다. 다온은 늘 숲을 괴롭히는 아이들의 움직임, 그 중심에 있었다. 겉보기에는 그런 티가 나지 않았다. 절대 앞으로 나서지 않았고, 심지어 때로는 숲을 위하는 척 굴기까지 했다. 여느 아이들과 달리 다온은 자신의 미래를 계획할 정도의 여유가 있었기 때문에 생활기록부에 흠이 남을 만한 행동은 하지 않았다. 선생님들이 보기에 다온은 조금 얄미운 구석이 있는, 그러나 대체로 무해하고 영리하고 매력적인 학생 정도일 것이다.

선생님은 의례적인 말로 훈계를 마무리하고 숲을 돌아보았다.

"정숲, 너 원본 파일 있지? 발표할 수 있겠니?"

선생님이 물었다.

솔직히 못 하겠다고 말하고 싶은 마음이 고개를 들었다. 도망치고만 싶었다. 애초에 자신에게 발표를 시킨, 그리고 이런 일이 생긴 걸 막아주지 못하고 해결해 주지도 못한 선생님이 원망스러웠다.

하지만 여기서 포기하면 아이들은 더더욱 비웃을 것이다.

숲은 입술을 깨물고 고개를 끄덕였다.

3

한국에, 아니 전 세계에 불어온 레트로 유행은 어제오늘 일이 아니었다. 겨울이 사라지고 전 지구 생물종 절반이 멸종하기 전, 사람들이 풍부한 자원과 다양한 먹거리를 소비하고 인간에게 친절한 날씨와 공기를 당연한 듯 누리고 사치스러운 기호품을 즐기며 살았던 시대에 대한 향수가 누구에게나 있었다. 〈사계절의 그대〉는 그 향수의 한가운데를 파고들었다. 이채는 21세기 서울에서 현대로 건너온 시간 여행자로 분했다. 100여 년의 시간 동안 우리를 기다려 온 사랑, 우리를 만나려고 멸망을 가로지르고 날아온 소녀. 그 소녀가 "오랫동안 기다려 왔어, 바로 그대를"이라고 노래하는 데에 사람들은 열광했다.

콘셉트의 힘만은 아니었다. 이채가 진짜 서울 출신이라는 점도 한몫했다. 서울은 황폐해진 구시가지로, 대면 생활에 맞춰진 인프라가 필요한 하층민들이 아칸타 바이러스와 더불어 사는 어

34

두침침하고 지저분한 곳이었다. 하지만 한반도의 중심지로 수백 년을 버텨온 역사와 상징성이 있었다. 사람들은 옛 왕조의 숨결이 남아 있는 고궁을, 과거의 영광을 잊지 못하는 강남 빌딩들을, 한때는 드넓고 새파랬다고 하는 한강을 낭만적으로 여겼다. 실제로 거기서 살라고 하면 싫다고 할 사람들조차도 그랬다. 그랬기에 서울에서 태어나고 자란 이채가 옛 서울에서 유행했던 옷들을 입고 거칠고 귀여운 서울 사투리를 쓰며 21세기 서울 도심을 구경시켜 주는 가상현실 데이트 게임 상품은 폭발적인 인기를 끌었다. 사람들은 이채와 함께 서울의 사계절을 느끼며 행복해했다. 이채가 서울 사람이므로 그 경험이 더 진솔하다고 믿었다. 이채가 아닌 연예인들이 말하는 서울 레트로는 가짜라고 생각했다.

2년 전까지만 해도 그랬다.

그사이에 또 다른 서울 출신 멤버가 있는 걸그룹이 데뷔해 케이팝 부흥기의 걸크러시 콘셉트를 선보였다. 애틋하고 서정적인 이채의 분위기와는 전혀 다른 결의 레트로가 대중의 이목을 사로잡았다. 게다가 그룹은 본질적으로 솔로보다 유리했다. 웬만하면 타인을 직접 만나지 않는 것이 예의가 된 시대, 사람들은 만성적인 외로움에 시달렸고, 대면으로 활동하는 아이돌 그룹 멤버들이 육체적인 교감을 바탕으로 끈끈한 유대를 쌓는 것을 지켜보며 대리만족을 느꼈다. 그러다 가끔씩 집단감염이 터졌고 모 그룹의 멤버는 운 나쁘게도 가상현실 저항증에 걸리는 바람에 그룹에서 탈퇴하기까지 했으며, 그럴 때마다 아이돌 산업 종사자들이 '진짜'를 보여주기 위해 감수하는 위험에 대한 논란이 일었다. 하지만 논란은 잠시뿐이고 사람들은 다시 새로운 진짜 아이돌을 찾아 눈을 돌렸다. 어차피 아이돌은 그런 위험을 감수하는 만큼의 돈을 버니까 상관없지 않느냐는 반론도 팽팽했다.

"진짜 문제가 뭔지 알아요? 비옥한 농경지대를 소유했다는 이유만으로 아무 노력 없이 떼돈을 벌어들이는 지주들과, 아무리 위험한 일을 해도 평생 가난하게 사는 하층민들이죠. 그런 사회 문제나 뜯어고칠 생각을 해야지 걸핏하면 아이돌 가지고 야단이야. 아이돌이 만만하지 아주."

윤 대표가 권태로운 표정으로 말했다.

이채는 묵묵히 고개를 끄덕였다. 마음속으로는 딴생각을 하고 있었다.

'신곡 뮤직비디오 콘셉트가 뭘까? 빨리 본론으로 들어갔으면 좋겠다.'

"요즘 가상현실에서 보정 기능 끄는 유행도 아이돌 책임이라잖아요. 아니, 진짜 예쁜 애들이 남들한테 자기 미모를 보여주고 싶어 하는 거야 개네 마음이지. 현실에서 예뻐지고 싶어서 다이어트하는 것도 자기네 마음이고. 그런 것까지 아이돌이 어떻게 케어를 한담? 우리 이채 씨도 1집 때 너무 말랐다고, 애들이 보고 따라 한다고 욕먹었잖아요."

이채는 반사적으로 자기 다리를 내려다보았다. 그때보다 더 통통해진 종아리를.

이제는 옛날 일처럼 느껴졌지만 윤 대표의 말대로였다. 그때는 또 말랐다고 욕을 먹었다. 대체식만 먹고 커서 그렇게 말랐다는 소문이 돌았다. 그게 또 '힙'하다는 이미지가 굳어져서, 진짜 음식을 먹을 수 있는 계층의 소녀들도 음식을 거부하고 대체식을 찾는다며 부모들의 불만이 자자했다. "못 먹고 큰 게 무슨 자랑이라고"라며 비웃는 사람들도 많았다. 그들은 대체식이라도 많이 먹으면 살이 찐다는 것을 몰랐다.

하지만 말라도 욕먹고 쪄도 욕먹을 거라면 마르고 싶었다. 말랐다는 이유로 좋아하는 사람은 있지만, 쪘다는 이유로 좋아하는 사람은 없으니까.

"사람들이 이러니저러니 해도 우리는 이채 씨를 믿어요. 입방아는 신경 쓰지 말아요. 살이야 빠졌다가도 찌고, 쪘다가도 빠지고 그러는 거고. 아이돌이라는 직업이 원래 그런 거야. 욕을 먹으면서도 나를 사랑해 주는 사람들의 응원으로 버티는 거."

'그 사람들도 네가 말라서 사랑하는 거지만.'

이채는 윤 대표가 입 밖으로 꺼내지 않은 뒷말을 들은 것 같았다.

윤 대표는 소속 아이돌을 친절하게 대하는 편이었다. 한참 어린 아이돌들에게도 존댓말을 쓰는 것으로 유명했다. 이채를 대놓고 꾸중한 적은 한 번도 없었다. 그럼에도 이채는 대표 앞에서 주눅이 들었다. 아무것도 가진 것 없던 이채를 드림 엔터테인먼트로 데려와 여기까지 끌어올려 준 사람이 윤 대표였다. 이채는 그 은혜를(물리적인 의미에서 투자금을) 어떻게든 갚아야 한다는 책임감을 느꼈다.

"그럴게요, 대표님."

이채가 다소곳하게 말했다. 윤 대표는 이만하면 이채를 달랠 만큼 달랬다고 생각했는지 만족스러운 표정을 지었다.

"이번 싱글, 기대가 돼요. 곡이야 잘 뽑힌 건 당연하고, 뮤비도 공을 들일 거야. 이채 씨도 틀림없이 잘 소화할 거예요. 〈사계절의 그대〉보다 오히려 더 잘 붙을걸."

드디어 본론이 나오고 있었다.

이채는 신경을 곤두세웠다.

"어떤… 건데요?"

"학교 배경이에요."

윤 대표가 밝게 웃었다.

"이채 씨 모교에서 뮤직비디오를 찍을 거예요."

이채는 귀를 의심했다.

"네?"

"이채 씨 모교. 연강고등학교에 가서 뮤직비디오를 찍기로 했어요."

윤 대표는 속내를 읽을 수 없는 얼굴로 싱글싱글 웃으며 말했다.

"사람들은 진짜 학교생활에 대한 낭만이 있어요. 서울 학교라면 더더욱. 그걸 공략하는 거죠. 팬들에게 아름다운 청춘의 낭만을 체험시켜 주는 게 이번 싱글의 목표예요. 그 학교 학생들도 실제로 등장시킬 거예요. 어때요, 이채 씨도 오랜만에 학교에 가면 좋겠죠? 후배들도 엄청 좋아할 거고."

이채는 머리가 멍해졌다.

"하지만… 그 학교는 아름답지 않은데요. 전혀…"

윤 대표가 재미있는 얘기를 들었다는 듯 킥킥 웃었다.

"그렇겠죠. 그러니까 아름답게 만들어야죠. 우리가. 아니, 이채 씨가."

"저는…"

하고 싶지 않아요.

혀 끝에서 맴도는 말을 이채는 간신히 삼켰다.

윤 대표는 이채를 지그시 바라보고 있었다. 대표는 굽슬굽슬한 금발 머리카락의 절반을 핀으로 고정하고 절반은 어깨 너머로 늘어뜨렸다. 짙은 보라색에 노란색이 섞인 트위드 재킷과 스커트 차림. 키치한 느낌의 하트 목걸이가 돋보였다. 자세히 보면 40대로 보이지만 언뜻 보면 20대 후반으로도 보이는 인상이었다. 모두 대표 스스로 만든 이미지였다.

이채는 윤 대표의 실제 모습을 단 한 번도 본 적 없었다. 늘 가상현실 통화로 만났으니까. 반면 이채는 보정을 꺼야 했다. 대표 앞에서만이 아니라 거의 모든 통화에서 그렇게 하는 것이 원칙이었다. 미경과 대화할 때도, 관계자들과 미팅을 할 때도, 팬들과 가상현실 사인회를 할 때도. 이채는 언제나 남들보다 옷을 덜 입고 있는 기분을 느꼈다.

이채는 윤 대표에게 감정을 다 읽히고 있는 게 아닐까 싶어 조마조마한 채로 애써 미소 지었다.

"사람들이… 그런 걸 정말로 보고 싶어 할까요?"

"왜, 이채 씨는 그렇게 생각하지 않나 보죠?"

윤 대표가 흥미롭다는 듯 물었다. 이채는 헛기침을 하고 허리를 곧게 세우고서 말했다.

"아무리 사람들이 '진짜'를 보고 싶어 한다고 해도, 받아들일 수 있는 선이라는 게 있잖아요. 진짜 서울에서, 그것도 대면 학교에서 촬영했다는 게 사람들에게 매력적으로 느껴질 것 같지는 않은데요. 더럽고, 흉하고, 위험하고, 난폭하고… 게다가 거기 애들은 가상현실 저항증자도 많은데, 오히려 거부감을 불러일으킬 수…"

윤 대표가 깔깔 웃더니 이채의 손을 잡았다. 차가운 손의 감촉에 이채는 움찔했다. 가상현실 통화니까 자기 체온 정도는 따뜻하게 바꿀 수 있을 텐데도 윤 대표는 그러지 않았다. 아니, 일부러 차갑게 설정한 건가? 위엄을 발휘하려고?

"이채 씨는 서울 출신이니까 이런 식으로 생각하는 거겠지요. 재미있네, 재미있어."

뭐가 재미있다는 거지? 이채는 하릴없이 표정이 굳었다. 재미있다고? 서울이?

"그곳의 현실을 겪었으니까 그 기억을 마음에서 떨칠 수 없는 거야. 매력적으로 생각하고 싶어도 그럴 수가 없는 거지. 하지만 우리의 주요 타깃인, 어느 정도 돈이 있는 소비자들은… 대부분 서울을 경험해 본 적이 없어요. 그러니까 혐오감이라고 해도 막연한 감정일 뿐이야."

윤 대표가 이채의 손등을 토닥인 다음 놓아주더니 말을 이었다.

"물론 막연한 감정이라서, 실체가 없기 때문에 더 무분별하게 발산될 수도 있겠지. 하지만 그건 우리에게 오히려 도움이 돼요.

어느 방향이든 화제가 되지 않는 것보다 화제가 되는 게 이득이거든."

'욕을 먹는 건 결국 저일 텐데요.'

이채는 그렇게 생각하면서도 겉으로는 뜸을 들이다 "아, 그럴 수 있겠네요"라고 천천히 대답했다. 뭐라고 말해도 윤 대표의 결정을 바꿀 수 없음을 알았기 때문이다. 게다가 궁극적으로 그의 논리를 반박할 수 없었다.

이채는 어쨌든 서울 출신이라는 배경을 팔아야 했다. 이채가 가진 '진짜' 무기는 그것이니까. 윤 대표는 그 무기를 전보다 더 적극적으로 활용하자고 요구하고 있을 뿐이었다.

문제는 이채가 그러고 싶지 않다는 것이었다.

이채는 서울이 싫었다. 거기 사는 사람들도 싫었다. 그곳에서 자란 자신의 과거도 싫었다.

이채는 반 발짝 뒤로 물러섰다. 마음 같아서는 당장 통화를 끊고 싶었다.

다행히도 윤 대표는 이야기를 더 오래 끌 마음이 없는 것 같았다.

"자세한 건 배 감독이 설명해 줄 거예요. 이제부터 바빠질 테니 마음의 준비를 해요. 아니, 몸도 준비해야겠네."

준비만 하면 되는 건가?

하지 않을 선택지는 없는 건가?

이채는 대표에게 묻고 싶은 게 한 가지 있었다. 오디션을 봤을 때 대표가 직접 던졌던 질문에 자신이 한 대답을 기억하느냐고. 그때 대표는 "왜 아이돌이 되려고 해요?"라고 물었고, 이채는 이렇게 대답했다.

"서울에서 벗어나고 싶어서요."

4

학교가 들썩거린 하루였다.

이채가 와서 뮤직비디오를 찍는 것만으로도 충분히 흥분되는 일인데, 뮤직비디오에 이채와 함께 출연할 학생들을 뽑는다는 말에 아이들은 뒤집어졌다. 특히 다온은 자신을 위해 주어진 기회라고 생각하며 숫제 환호성을 질렀다. 이채의 소속사 측 담당자가 와서 오디션을 볼 거라고 담임 선생님이 부연했지만, 다온은 이미 이채와 투 톱으로 영화를 찍는 게 확정되기라도 한 듯 굴었다. 진하와 아이들이 다온을 둘러싸고 오디션을 어떻게 준비할지 떠드는 한편, 남자아이들은 이채를 상대로 어떻게 수작을 걸지 허세를 부리고 음담패설을 쏟아냈다. 열띤 분위기는 당연히 수업 시간에까지 이어졌고 아무도 선생님의 말에 집중하지 못했다.

숲은 덕분에 오늘 하루를 조용히 보낼 수 있어서 좋았다. 이렇게 엄청난 사건 한가운데에서 숲을 신경 쓰는 아이는 없었으니까. 투명 인간이 된 것 같았다.

오후부터 먼지 폭풍이 불었다. 숲은 책가방을 싸고 마스크를 단단히 쓰고 교실을 나섰다.

세상이 어둑했다. 서늘하게 식은 지표면 위로 먼지구름이 하늘 높이 솟아올랐다. 불그스름한, 누리끼리한, 거무죽죽한, 푸르스름한 먼지들이 온통 뒤엉켜 공기를 시커멓게 물들이고 그 속에서 더 굵은 모래와 흙 알갱이들이 쏟아져 나와 길바닥에, 건물 벽에, 가로등에 우르르 부딪혔다. 공중에서 휘몰아치는 먼지들 사이로 정전기가 일어 섬광이 번뜩였다. 빛은 움직이는 생명체처럼 먼지구름 곳곳을 비집고 다니며 꿈틀거렸다.

다른 아이들은 대부분 스쿨버스를 탔다. 하지만 숲은 도보로 40분에 가까운 길을 걸어가는 것을 택했다. 마스크와 고글을 잘 쓰고.

숲은 실내에서도 늘 마스크를 쓰는 편이었다. 마스크는 먼지로부터도, 전염병으로부터도 스스로를 방어할 수 있는 최소한의 수단이다. 아칸타는 한 번 걸렸다고 해서 영구적인 면역이 생기지 않았다. 언제라도 다시 걸릴 수 있고, 걸리면 죽을 수도 있었다.

아이들은 그런 숲을 비웃었다. 장차 볕 볼 일도 없는 애가 오래 살려고 용쓴다는 둥, 가저증에 걸리면 쫄보가 되냐는 둥, 저러니까 친구가 없는 거라는 둥. 아이들은 마스크 의무 착용 정책을 학교와 정부의 호들갑 정도로 여겼고 가능하면 그걸 어기고 싶어 했다. 아니, 내심으로는 그게 호들갑이 아니라는 사실을, 먼지에 호흡기가 노출될수록 폐렴을 비롯해 암이며 뇌졸중이며 온갖 병에 걸릴 위험이 커진다는 사실을 모르지 않았다. 하지만 대면 생활을 하는 한 어차피 노출을 100퍼센트 피할 수는 없는데, 그런 사람들에게 마스크를 쓰라고 강제하고 그걸로 정부의 책임을 다한 양하는 것은 눈 가리고 아웅이나 마찬가지였다. 아이들은 마스크를 쓰나 안 쓰나 별 차이 없다고 생각했다. 부모님, 형제, 친척, 친구, 이웃들의 태반이 폐암이나 아칸타로 죽었고 자신도 아마 그럴 것이라고.

아이들이 정부나 학교 당국의 위선에 체계적으로 화를 내는 것은 아니었다. 다만 그들은 만성적인 절망에 빠져 있었고, 다른 아이를 괴롭히는 방식으로 그 절망을 해결했다.

"너랑 같이 다니기 쪽팔려. 맨날 마스크 쓰니까."

숲과 1년 정도 친구로 지냈던 친구 문주는 어느 날 그렇게 말했다. 그때부터 문주는 다른 무리로 섞여 들어가더니 숲을 아예 모르는 사람처럼 무시하며 새로운 친구들하고만 어울렸다. 그 애들은 숲을 흘끔거리며 자기들끼리 뭐라 귓속말을 소곤거리거나 의미를 알 수 없는 웃음을 흘리곤 했다. 숲은 엄마가 시키는 대로 마스크를 꼬박꼬박 쓰는 게 문제인 줄 알고 마스크를 벗었다. 그러면 아이들이 자신을 받아줄 줄 알았다. 하지만 돌아온 것은 악담이었다.

"야, 가저증자 얼굴 좀 봐. 나 같으면 맨 얼굴 못 드러내고 다닐 텐데 용감하네."

아이들이 숲에게 다 들리도록 험담하는 동안 문주는 고개를 푹 숙이고 모른 척하고 있었다.

그제야 알았다. 자신이 가상현실 저항증 판정을 받았다는 사실을 문주가 다른 아이들에게 퍼뜨렸다는 것을.

엄마는 말했다. 그 애들이 못나서 그런 것뿐이라고, 강해져야 한다고. 숲도 늘 스스로에게 되뇌었다. 가상현실 저항증은 나쁜 게 아니다, 나는 잘못하지 않았다, 다른 사람들이 나쁜 것이다… 하지만 마음속 깊은 곳에서는 그렇게 생각되지 않았다. 자신에게 중대한 결함이 있는 것 같았다. 삶이 살아보기도 전에 이미 망가진 것 같았다. 남들에게 저주받아 싼 존재인 것 같았다. 마스크를 쓸 때는 자기 자신이 '쫄보' 같아서 싫었다. 마스크를 안 쓸 때는 자기 표정이 어색해 보여서 싫었다. 버스를 탈 때는 아무도 앉지 않는 옆자리를 자꾸만 의식하게 되는 자신이 싫었다. 길을 걸을 때는 몸에 날아드는 모래 덩어리들이 자신을 야유하는 누군가가 던지는 듯 느껴졌다.

세상에서 사라지고만 싶었다.

그럴 때면 늘 그러듯 숲은 이어폰을 끼고 음악을 틀었다. 바람 소리가 저편으로 멀어지고 맑은 피아노 소리와 묵직한 베이스 소리가 귀로 흘러들었다. 숲은 꽉 말아쥐었던 손에 힘을 풀고 어깨를 펴고 탁한 공기 너머를 바라보았다. 한산한 거리에 늘어선 폐건물들이 숲을 묵묵히 마주 보고 있었다.

어디로 가는지 분주한 사람들
채도가 가라앉은 회색빛 거리
너와 늘 만났던 카페의 창가 자리에서 난
카푸치노 한 잔을 시켰어

익숙한 목소리가 익숙한 노래를 불렀다. 슬픔을 띤 가냘픈 음색이었지만 감정은 절제되어 있었다. 그 절제 속에서 숲은 숨이 트이는 기분이 들었다. 눈앞의 괴괴한 거리에는 분명 아무도 없는데 분주하게 걸어 다니는 인파가 불현듯 보인 것 같았다. 이곳 압구정동이 카페와 식당으로 가득하고, 공기 중에 커피 향이 풍기고, 세련되게 차려입은 어른들이 데이트를 했을 시절이 상상되었다.

비록 가상현실을 경험할 수는 없어도 상상은 할 수 있었다.

너는 어디로 간 걸까

생각하면 문득 이상해

여긴 그대로이고 나도 그대로인데

너만 없을 수 있다는 게

이채는 연애를 해봤을까?

사람들은 이채가 진짜라서 좋다고 했다. 이채의 미모도 진짜
고, 이채의 춤과 노래 실력도 진짜고, 이채의 배경도 진짜며, 이
채가 팬들에게 보여주는 사랑도 진짜라고.

게다가 이채는 작사와 작곡에 참여했다. 단순히 회사에서 주
는 노래를 받아서 부르기만 하는 것이 아니었다. 이채의 생각,
판단, 감각이 노래 구석구석에 배어 있는 것이다. 그렇다면 이것
은 아주 내밀한 자기 이야기거나, 아주 천재적인 상상력의 결과
일 것이다.

이채는 누군가를 사랑하고 이별해 본 걸까? 그래서 이렇게나
쓸쓸하게 노래할 수 있는 걸까? 궁금했다. 숲도 앞으로 누군가를
사랑하고 이별할 수 있을지, 그럴 날이 오기나 할지 궁금했다.

슬퍼질 때도 있지만

주저앉을 때도 있지만

하지만 말이야

아무도 나를 사랑하지 않는 것 같을 때
세상에 혼자 남은 내가 나를 미워할 때
네가 남긴 사랑이 나를 일으켜
너와의 기억이 이 거리를 밝혀

내 안의 빛은 아무도 꺼뜨리지 못할 거야

후렴 마지막 소절에서 숲은 늘 콧날이 시큰해졌다. "내 안의 빛은 아무도 꺼뜨리지 못할 거야." 멜로디는 고음이 아니었지만 이채는 어느 때보다 결연하고 확고한 음성으로 이 가사를 불렀다. 너에게, 자기 자신에게, 세상에게 하는 선언.

이채 역시 아무도 자신을 사랑하지 않는다고 생각할 때가 있을까? 세상에 혼자 남았는데 그렇게 혼자된 자신마저 자신을 미워할 때가 있을까? 잘 믿기지 않았다. 하지만 이채의 노래에는 그런 심정을 겪어본 사람이 아니면 발휘할 수 없을 호소력이 있었다. 무엇보다 감동적인 점은 그런 비참 속에서도 이채는 스스로를 지켜낸다는 것이었다. 자기 안의 빛을 믿고.

네가 준 믿음이 나를 감싸줘
너와의 기억이 저 하늘을 밝혀

내 안의 빛은 아무도 꺼뜨리지 못할 거야

〈너라는 이름의 빛〉은 히트곡은 고사하고 타이틀곡조차 아니었다. 인기가 급감했던 지난 앨범의 수록곡 중 하나였다. 이채를 좋아한다고 말하는 반 아이들 중에서 이 노래에 대해 말하는 사람은 한 명도 본 적 없었다. 하지만 숲은 정말 좋아했다. 이채의 모든 노래를 좋아했지만 그중에서도 가장 좋아했다. 단순하면서 기억에 잘 남는 멜로디, 잔잔하지만 또렷하고 힘 있는 연주, 아름다운 이채의 보컬까지. 제목처럼 반짝반짝 빛나는 노래였다. 노래를 더 깊이 알고 싶어서 숲은 태블릿에 다운받은 무료 작곡 프로그램을 이용해 노래를 악기별로 뜯어보고, 멜로디를 새로 얹어보고, 코드를 바꿔보며 놀곤 했다. 이채는 코드를 먼저 깔고 멜로디를 쌓았을까, 가사를 먼저 만들고 거기에 멜로디를 붙였을까 상상하면서. 그러다 보면 시간이 훌쩍 갔다.

어쩌면 숲이 세상에서 이 노래를 가장 좋아하는 사람은 아닐까? 알 수 없었다. 친구가 없는 숲은 온라인 팬 커뮤니티에서 자신과 마음이 비슷한 사람들을 찾곤 했지만 한계가 있었다. 그들과 깊은 이야기를 나누는 것이 불가능했기 때문이다. 언젠가 〈너라는 이름의 빛〉에 대해 자신과 비슷한 생각이 담긴 글을 쓴 사람을 보고 반가워서 메시지를 보냈지만, 그 사람이 "직접 만나서" 이야기를 나누자며 가상현실 리스닝 파티에 숲을 초대했고, 숲은 어떻게 대답해야 할지 이틀 동안 망설이다가 그냥 차단해 버렸다.

가상현실을 통하지 않으면 이채의 팬이라고 할 수 없는 걸까.

반 아이들은 숲이 이채를 얼마나 좋아하는지 안다면 틀림없이 비웃을 것이다. 그리고 분명 그렇게 말할 것이다. 너는 이채의 음악과 뮤직비디오를 제대로 감상했다고 말할 자격이 없다고. 너 따위가 무슨 이채를 좋아하느냐고. 이채에게 실례라고.

그럴지도 모른다.

숲은 이채가 학교에 오는 것이 달갑지만은 않은 유일한 사람인 듯했다. 이채를 만나고 싶지 않았다. 만나면 경멸당할 테니까. 숲은 그토록 사랑하는 목소리의 주인으로부터도 버림받게 되겠지. 그러면 숲 안의 빛은 영영 꺼져버릴 것이다. 다온도, 진하도, 선생님도, 그 누구도 빛을 꺼뜨릴 수 없지만 이채라면, 오로지 이채만은 그럴 수 있을 것이다.

반복 재생을 걸어놓은 〈너라는 이름의 빛〉이 처음부터 다시 시작되었다. 숲이 무슨 생각을 하는지와 무관하게 마냥 애틋하고 고운 이채의 목소리가 흘러나왔다. 숲은 그 한결같은 노래에 집중하며 마음을 가라앉혔다. 괜찮아. 눈에 띄지 않게 있으면 돼. 멀리서 지켜보면 돼. 이채의 춤과 노래를 멀리서라도 보고 들을 수 있다면, 그럴 수만 있다면 족했다.

고글에 모래 알갱이들이 부딪히며 와르르 소리가 났다. 숲은 뿌연 시야를 헤치고 천천히 걸었다.

5

이채는 학교에서 예쁜 얼굴, 빼어난 춤과 노래 실력으로 유명
했다. 비슷하게 예쁘고 잘나가는 여자애들이 주위를 에워쌌고
이채를 좋아하는 남자애들도 늘 있었다. 음악 시간에 이채가 가
곡을 부르면 선생님은 감탄하는 빛을 얼굴에서 숨기지 못했다.
장기 자랑 때 이채가 걸그룹 댄스를 선보이면 아이들 사이에서
솔직한 탄성과 박수가 쏟아졌다. 공부는 잘 못했지만 노래하고
춤추는 건 이채에게 쉬운 일이었고 그렇게 해서 사람들의 관심
과 애정을 받을 수 있다는 게 기뻤다.

10대 초반까지만 해도 이채는 학교가 좋았다. 학교에서 살고
싶을 정도였다. 집에서는 천덕꾸러기 취급을 받고 얻어맞기 십
상이었다. 매일 두 갈래로 나뉜 삶을 사는 것 같았다. "너 같은
건 낳지 말았어야 했어", "이게 다 네 탓이야"라는 말과 함께 따
귀가 날아오는 삶과, "나도 너처럼 예뻐지고 싶어", "이채가 최

고지"라는 말과 함께 갈채가 쏟아지는 삶.

어쩌면 그때부터였을 것이다. 사람들에게 거짓말하는 기분으로 살아온 것은.

"오, 좋은데."

안무 선생님이 손뼉을 치며 말했다. 짝짝 소리가 메아리쳐 울렸다.

"느낌이 왔어. 이채 씨가 몰입하는 것 같아요. 표정이나 제스처가 살아 있어요."

댄서들이 웃으며 덩달아 손뼉을 쳤다. 사실 말하지 않아도 이채 역시 알 수 있었다. 동선을 바꾸고, 손과 팔을 얽고, 발을 구르는 동안 말로 표현할 수 없는 에너지가 댄서들과 이채 사이에 오갔다. 진짜 연습실을 방불케 할 만큼, 땀 냄새와 체온까지 생생히 느껴질 만큼.

하지만 물론 실제 댄서들은 곁에 없었다. 이채는 자기 집 안에 마련된 25평짜리 연습실에 혼자 있었고, 가상현실 입출력기가 이채와 댄서들의 움직임 하나하나를 포착해 가상의 시공간에 조합하고 있었다. 원한다면 땀 냄새와 체온도 재현할 수 있었겠지만 굳이 그러지 않았다. 쾌적한 가상현실 속에서 구태여 서로에게 불쾌감을 조성할 필요는 없었으니까.

"이채 씨가 이번 촬영을 어려워한다고 들었는데, 전혀 걱정할 필요 없겠는데요? 잘만 하는걸."

"고맙습니다."

이채는 선생님에게 예의 바르게 웃으며 말했다. "그야 지금은 가상현실이잖아요"라는 말은 속으로 삼켰다.

가상현실은 쉽고 안전하다. 이 안에서는 땀 냄새도 켜고 끌 수 있다. 체온도 조절할 수 있다. 따귀가 날아올 일도 없다. 사람들 앞에서 긴 소매로 살갗을 숨기지 않아도 된다. 이렇게 안전한 가상의 공간에서 가상의 학교생활을 상상하며 행복한 연기를 하는 것쯤은 얼마든지 할 수 있다.

"이채 씨는 정말 열심히 한다니까요. 재능도 있는데 노력도 많이 해요."

"완벽주의자인 것 같아요."

댄서들이 한마디씩 말을 얹었다. 이채는 민망한 듯 소리내어 웃으며 손사래를 쳤다.

"에이, 아니에요."

"이번 곡 대박날 것 같아."

선생님의 말에 이채는 가슴이 무거워졌다.

그래야 할 텐데.

이번 신곡은 대형 프로젝트였다. 실제 악기를 풍성하게 사용한 고급스러운 재즈 음악, 스물다섯 명의 댄서를 대동한 대규모 군무, 서울 현지에서 촬영하는 드라마 형식의 뮤직비디오까지. 회사에서 모처럼 작정하고 돈과 인력을 쏟아부어 이채의 컴백을 밀어붙이고 있었다. 아무리 부담스러워도, 연강고등학교를 피하고만 싶어도, 잘해내야 했다. 성공해야 했다.

그러려면 살을 빼야 했다.

이채는 보정되지 않은 거울 속의 자신을 다시 보았다. 끔찍하게 뚱뚱해 보였다. 반사적으로 눈을 돌려버렸다.

하지만 눈을 돌린 곳에는 댄서들이 있었다. 댄서들은 하나같이 마르고 예쁜 외양을 구현하고 있었다. 이채는 그들이 내심 자신을, 자신의 몸을, 자신의 행동거지를 흉볼 거라고 상상했다. 그 상상을 멈출 수 없었다.

이채의 마음이 곤두박질치는 것도 모르고 선생님은 댄서들에게 말하고 있었다.

"10분 쉬고 연습 재개합시다."

"네."

모두가 일제히 말하고 대형이 흩어졌다. 이채는 아무렇지도 않은 척 정수기로 가서 물을 가지고 돌아왔다. 물을 마시면서 이채는 댄서들에게 친근하게 말을 붙이고, 격려를 건넸다. 어우, 너무 힘들죠. 다들 식사는 하셨어요? 건강 챙기면서 연습하셔야 해요. 우리 진짜 잘하고 있는 것 같지 않아요? 군무도 저번보다 잘 맞고요. 이대로라면 영상도 아주 잘 나올 것 같아요. 모두 파이팅이에요… 이채는 자기 자신에게는 하지 않는 말들을 정작 남들에게는 했다. 아이돌은 인성도 중요하니까. 스태프들에게, 주변 사람들에게 밝고 상냥하게 대해야 한다. 유머러스함도 겸비하면 더욱 좋다. 의무감 때문만은 아니었다. 이채는 남들에게 쾌활하고 매력적인 사람으로 보이고 싶었다.

"그런데 아까 들으니 이채 씨가 이번 뮤직비디오 촬영을 어려워한다는데, 왜인지 물어도 돼요?"

포니테일을 높이 올려 묶은 댄서 한 명이 다소 조심스럽게 물었다. 이채는 당황했지만, 티 내지 않았다.

"그냥 현장 촬영은 늘 어려운 것 같아요. 후배들 대면으로 만나는 것도 긴장되고요. 좋은 모습 보여야 할 텐데 실망시키면 어쩌나 하고요."

"어휴, 별걱정을 다 하시네."

단발머리 댄서가 끼어들며 웃음 지었다.

"이채 씨도 그런 고민을 하는군요. 아이돌은 다들 무보정으로 활동하는 데다 이채 씨는 대면 생활을 하면서 자랐으니까, 현장 촬영도 아무렇지 않을 줄 알았어요."

포니테일 댄서가 호기심 어린 표정으로, 하지만 적당한 거리를 지키며 말했다. 이채는 짐짓 멋쩍은 미소와 함께 농담을 흘렸다.

"저도 집순이가 다 됐어요. 집이 짱이더라고요."

댄서들이 깔깔 웃었다.

"그렇지, 그렇지."

연예인들의 집이 다 그렇듯 이채의 집에도 스튜디오와 조명과 촬영 장비가 갖춰져 있었다. 감독이 원격으로 조종하는 카메라와 조명 앞에서 이채는 노래하거나 춤을 추거나 토크를 했고, 편집팀에서 다른 출연자들과 배경을 합성했다. 의상은 회사에서 보내주었고 스타일링은 웬만하면 이채가 직접 했다. 그래서 연예인이 되려면 메이크업과 헤어스타일링 기술까지 익혀야 했다. 웬만한 촬영은 이런 비대면 방식으로 진행할 수 있었다. 이번 뮤직비디오만 해도 댄서들은 서울까지 가지 않았다. 퍼포먼스 영상은 비대면 스튜디오 촬영으로 진행해 나중에 합성하고, 학교에서는 학생들과 더불어 교사 역을 맡을 연기자 두어 명과의 연기 장면만 찍을 계획이었다. 불필요한 접촉을 최소화하기. 이것이 불문율이었다.

그러나 대중이 점점 더 '진짜'를 원하는 분위기에 따라 현장 촬영의 비중이 점점 늘고 있었다. 사람들은 아이돌이 외국으로 여행을 가는 모습, 그곳에서 진귀한 과일을 먹는 모습, 그룹 멤버들과 숙식하는 모습, 햇살과 바람과 비를 맞으며 춤추는 모습을 가상현실로 보여주길 원했다. 그런 수요에 따라 아이돌 업계 사람들은 점점 더 위험을 무릅썼고, 그만큼의 돈을 벌었다. 요즘 시대에는 대면 활동이 필요한 직업은 대부분 천대받았지만, 아이돌은 기묘한 위상에 있었다. 진짜를 영위하는 삶은 가치가 없지만 진짜를 전시하는 삶은 가치가 있었다.

"너무 걱정하지 말아요. 이채 씨는 학교에서부터 인기 많았다던데. 후배들도 당연히 좋아할 거예요."

단발머리 댄서가 말했다.

"학교 다닐 때 시쳇말로 '놀았다'면서요."

파란 조거 팬츠를 입은 댄서가 동경하는 눈빛으로 말을 이었다.

"부러워요. 가상현실 학교에는 일탈이란 게 없었어요. 그럴 수밖에 없지. 무슨 행동을 하든 다 기록에 남는 데다가, 애초에 딱히 금지된 것도 없었으니까."

"맞아, 우리 학교도 공허했어. 돌이켜 보면 뭘 했는지 기억이 나질 않아."

"뭐 하고 놀았는지 이야기 좀 해주면 안 돼요?"

댄서들이 한마디씩 거들었다. 이채는 표정이 경직되려는 것을 느끼고 재빨리 의뭉스러운 웃음을 입술에 덧그렸다. 속으로는 이렇게 생각했다.

'너희야말로 놀고들 있다.'

가상현실 학교라는 온실에서 안락하게 자라난 화초들. 온실 속 화초라는 표현은 웃겼다. 더 이상 온실도 화초도 찾아보기 어려운 시대에도 끈질기게 살아남은 비유였다. 저 화초들이 떠드는 말들도 그만큼 웃겼다.

하지만 새삼스럽진 않았다. 중산층 대중이 이채를 이런 식으로 동경한다는 것은 익히 알고 있었다. 험하고 거친 서울 학교에서 방황하며 자란 여자애. 전염병도 아랑곳없이 친구들과 어울리고, 체온을 나누며 치고받고 싸우고, 오프라인 상점에서 좀도둑질을 하고, 다 같이 노래방에 가서 마이크를 나눠 쓰고, 싸구려 술을 나눠 먹으며 자란 아이. 누구나 예쁘고 잘생긴 모습을 갖추고 수업을 듣는, 가상의 평등주의가 실현된 가상현실 학교와 달리, 못생긴 아이들 사이에서 진짜 미모를 빛내며 군림한 소녀. 그 학창 시절은 어땠을까? 근사했을 것이다!

이채는 그 동경을 깨뜨리지 않았다. 깨뜨려서는 안 됐다. 그 동경 덕분에 이채가 진짜 석류 소스가 올라간 진짜 소고기 채끝살 스테이크를 먹고 진짜 양가죽 무스탕을 입을 수 있는 것이었으니까. 다만 이렇게 말했다.

"재미도 있었지만, 힘들기도 했어요. 하지만 이제 괜찮아요. 여러분을 만났으니까요."

환한 웃음도 빼놓지 않았다. 고마워요, 여러분.

이것보다 더 깊이 들어갈 때도 있었다. 인터뷰를 하거나 토크

쇼에 출연할 때. 그런 자리를 위해 준비된 에피소드 서너 가지가 있었다. 적당히 생생하면서도 불쾌감을 불러일으키지 않을 만큼 가공된, 가볍고 유머러스한 일화들이었다.

이번에도 그런 이야기를 꺼내야겠다고 생각하며 이채는 감질 나게 뜸을 들였다. 댄서들이 기대감 어린 눈초리를 던졌다. 그때 안무 선생님이 끼어들었다.

"자자, 이제 그만 놀고 연습해야죠."

댄서들이 아우성을 질렀다.

"아아, 이제 막 재미있으려던 참인데요!"

"3분만 더 쉬어요!"

소녀들처럼 꺅꺅거리는 댄서들에게 선생님이 고개를 가로저었다. 그러고 보니 이채는 그들의 진짜 나이도 몰랐다. 모두 10대 후반에서 20대 초반으로만 보였고, 그래야 했다. 뮤직비디오에서 이채의 동급생으로 보여야 하니까.

"우리 스물일곱 명이나 돼서 시간 맞추기 힘든 거 다 알잖아요. 낭비할 시간 없어요."

댄서들이 마지못해 자리에서 일어나며 한숨을 쉬었다. 이채는 자기 위치로 가서 서며 말했다.

"열심히 합시다. 여러분 모두 뮤비 속에서 제 친구가 되어주셔야 해요. 같이 일탈해 보자고요."

댄서들이 가벼운 웃음을 터뜨리며 각자 자리를 잡았다. 누군
가가 손뼉을 쳤다.

"파이팅!"

그러자 다들 파이팅을 따라 외쳤다.

흘러나오는 음악 속에서 몸을 움직이며 이채는 생각했다. 저
사람들은 진심으로 파이팅을 외치고, 진심으로 자신에게 동경의
눈빛과 감탄을 보내고, 진심으로 즐거워하는 걸까? 아무래도 믿
을 수 없었다. 이채 자신만 해도 저 사람들을 탐탁지 않게 여기
면서 그걸 겉으로 내색하지 않고 살갑게 구는데, 하물며 가상현
실 속에서 스스로의 겉모습을 가장하는 저 사람들이 이채를 진
심으로 좋아할 거라고는 생각되지 않았다. 다들 내심으로는 이
채의 몸을 평가하고 흠잡고 있을 것 같았다.

그게 뭐가 문제인가 싶은 반항심이 치밀었다. 어쩌라고. 나도
너희가 싫어. 너희 실제 모습 까보면 다 나만큼도 못할 거 아
니야.

하지만 그렇게 생각해 봤자 전혀 기분이 좋아지지 않았다.

6

"오늘은 좀 어땠어?"

엄마가 물었다.

일을 마치고 돌아온 엄마는 언제나처럼 피곤해 보이는 얼굴이었다. 하지만 건성으로 묻지는 않았다. 엄마는 탁자 앞에 앉아 대체식을 천천히 먹으며 숲에게 눈을 맞췄다. 그 눈길이 숲의 표정을 주의 깊게 살피고 있었다.

열네 살 때 문주에게 버림받고 외톨이가 되어 집에 돌아와 펑펑 울었던 날 이후로 엄마는 하루도 빠짐없이 숲에게 물었다. 오늘은 어땠니? 학교에서 무슨 일이 있었니? 처음에는 솔직히 털어놓았다. 오늘도 문주가 나를 모른 척했어. 오늘은 체육 시간에 아프다고 핑계 대고 양호실에 갔어. 오늘은 억울하게 벌을 받았어… 하지만 점차 말을 아끼게 되었다. 엄마가 학교에 전화를 하고, 찾아오고, 선생님과 상담을 하고, 집에서 더 먼 고등학교로 진학했는데도 변하는 게 없다는 사실을 알았기 때문이다. 숲은 점차 진실도 아니고 거짓도 아닌 말을 하는 법을 익혀갔다. 오늘은 시험을 잘 본 것 같아. 오늘은 바우어새에 대해 배웠어. 색색의 쓰레기를 모아서 예쁜 정원을 지어 암컷을 유인했던 새래. 놀랍지 않아? 오늘은 세준이가 결석했어. 아칸타가 다시 도는 것 같아. 오늘은 음악 선생님에게 칭찬을 받았어… 엄마는 그런 숲의 이야기들을 성의 있게 들어주었고 질문도 던졌지만, 숲이 입에 올리지 않는 교우 관계에 대해서는 굳이 묻지 않았다. 다만 서글픈 눈빛으로 숲을 바라볼 뿐이었다.

숲은 엄마가 슬픈 게 싫었다. 엄마를 슬프게 해서 미안하고 속상했다. 때로는 엄마의 그런 말 없는 속앓이가 짜증스럽기도 했다. 자신은 괜찮다고 생각했는데 엄마를 마주하면 괜찮지 않아졌다. 숲도 오늘은 친구들이랑 놀았다고, 어떤 대화를 나눴다고, 재미있었다고 이야기하고 싶었다. 그러지 못하는 게 자신의 잘못인 것만 같았다. 거짓말이라도 지어내고 싶었지만 엄마는 다 알아차릴 것 같아서 포기했다.

그래도 요 며칠은 엄마와 이야기할 때 마음이 좀 편했다. 학교에서 아무도 숲을 건드리지 않은 데다가, 모두가 관심을 집중하는 사건이 있었기 때문이다.

"다음 주 금요일에 오디션을 본대."

엄마가 마시던 대체식을 마저 삼키고는 기침을 했다. 쇳소리
가 나는 기침이었다.

"그래? 난리 났겠네."

"응. 연극반 애들은 다 신청하는 분위기야. 조연 서너 명, 엑스
트라가 스무 명 정도 필요하다는데… 연극반 애들 다 합쳐 스무
명 정도니까 웬만하면 다 들어가지 않을까?"

엄마가 다시금 신중한 눈빛으로 숲을 살폈다. 숲은 시선을 피
했다.

"그러면 연극반 애들이 다 들어간다 해도 엑스트라 서너 자리
는 남겠네."

"뭐, 그렇겠지."

숲이 심드렁하게 말했다.

"너 정말 신청 안 해도 돼?"

숲은 신경질적인 한숨을 내쉬었다.

"말했잖아. 난 관심 없다니까."

"그래도…"

엄마가 다시 말끝에서 기침을 길게 하다가 약물 흡입기를 꺼
냈다. 엄마는 만성 폐쇄성 폐 질환 환자였다.

"내가 이채를 좋아하는 건 맞지만, 그렇다고 뮤직비디오에 출
연하고 싶지는 않아. 너무 부담스럽다고. 게다가…"

숲은 뒷말을 삼켰다.

"하여튼 난 싫어."

엄마는 흡입기를 입에 물고 곰곰이 생각에 잠긴 채 어깨를 돌렸다. 하루 종일 밖에서 운전을 하고 무거운 물건을 나르고 다닌 엄마는 곧잘 어깨나 허리가 아프다고 했고, 늘 기침을 했으며 가끔은 숨 쉬기도 힘들어했다. 엄마의 직업은 택배 배달원이었다. 이 일을 언제까지 할 수 있을지 모르겠다는 말을 입버릇처럼 했다. 엄마의 건강 탓도 있었지만, 국회에서 유인 택배 배달을 금지하는 법안을 추진 중이기 때문이었다. 사람이 먼지로 가득한 야외를 쏘다니며 우편물을 일일이 배달하는 것은 비인간적이고 시대착오적이라는 것이 중론이었다. 그러나 드론을 이용한 완전 자동 배달은 기업 입장에서 비용이 많이 드는 데다 먼지 폭풍 때문에 정확도가 떨어지고 파손이 잦아 달갑지 않았고, 택배원들 입장에서도 직업을 잃고 싶지 않은 것이 당연했기에 유인 배달 금지법에 반대 운동을 펼치는 중이었다.

"엄마는 네가 후회할까 봐 하는 말이야."

"후회는 무슨."

"다른 사람들 눈치 보느라 네가 하고 싶은 걸 못 하면 나중에 후회하게 되니까."

엄마의 말에 숲은 화가 났다. 걱정해서 하는 말인 걸 알면서도 그랬다.

"눈치 보는 거 아니야. 내가 원하지 않아서 그렇다는데 엄마는 왜 억지 부려?"

"그래, 그래, 알았어."

엄마가 흡입기를 탁자에 내려놓고는 두 손을 들고서 숲을 달래는 투로 말했다.

"그래도 한번 잘 생각해 봐. 아직 시간이 있으니까. 응? 되든 안 되든 한번 나가보기나 할 수도 있는 거잖아."

"아, 몰라."

숲은 투덜거리며 대꾸하고 방으로 들어가 문을 닫았다. 문밖에서 한숨 소리가 들렸다.

숲의 방은 작고 휑했다. 가구는 책상과 침대와 행거가 전부였다. 눈에 띄는 장식이라면 벽에 붙은 〈사계절의 그대〉 속 이채의 빛바랜 포스터였다. 아이돌의 실물 굿즈는 비쌌다. 숲은 매주 받는 용돈을 절반씩 떼어 꼬박 세 달을 모아 저 포스터를 샀는데, 그것이 사치라는 것은 잘 알고 있었다. 엄마라면 이런 식으로 돈을 쓰지 않았을 것이다.

옆집에서 싸우는 소리가 들렸다. 툭하면 부부 싸움을 하는 집이었다. 이 집은 수십 년 전에 지어진 공동주택이었고 특히 숲의 방은 옆집 방과 맞닿아 있어서 소리가 잘 들렸다. 옛날에는 부자들도 이런 형태의 집에서 살았다는 게 믿기지 않았다. 그럴 일은 없겠지만, 언젠가 돈을 많이 번다면 숲은 엄마와 같이 교외의 단독 주택으로 이사 가고 싶었다. 옆집과 거리가 멀찍이 떨어진, 프라이버시도 지킬 수 있고 전염의 위험도 극히 적은 그런 곳으로.

태블릿을 꺼내 숙제를 시작했다. 수학 문제 풀이에 몰두하며 잡념을 잊으려고 했지만 잘되지 않았다. 옆집의 소음 탓도 있었지만 엄마의 말이 계속 뇌리를 맴돌아서였다.

'다른 사람들 눈치 보느라 네가 하고 싶은 걸 못 하면 나중에 후회하게 되니까.'

기분이 찝찝했다. 충분히 반박하지 못한 것 같았다. 다른 애들 눈치를 본 게 아니라고. 나는 그냥 오디션에 나가고 싶지도 않고 나갈 자격도 없다는 걸 잘 알 뿐이라고. 가상현실 저항증자가 가상현실 콘텐츠에 출연한다고? 그것만큼 웃기는 말이 또 있을까? 하다못해 허우대가 멀끔한 것도 아니었다. 숲은 중키에 다리가 짧았고 얼굴은 여자답지 않다고들 했다. 눈이 작고 코는 살짝 매부리였고 턱이 넓었으며 여드름이 있었다. 긴 머리카락은 이마 위로 쓸어 넘겨 대강 묶고 다녔다. 전체적으로 흐릿하면서 투박한 인상이었다. 한때는 다른 여자애들처럼 꾸며볼까 생각도 했지만 잠깐 시도하다가 그만뒀다. 어울리지 않는 짓이라는 생각도 들었고, 아이들에게 잘 보이려 하는 짓 같아 궁상스러워서 싫었다. 괜히 비싼 화장품을 사서 써봤자 비웃음만 들을 뿐, 그 돈으로 음악 듣고 책 읽는 게 훨씬 이득이었다.

'혹시 나는 비웃음당하기 싫어서 이러는 걸까?'

숲은 신음을 흘리며 태블릿을 책상 안쪽으로 밀쳤다. 도무지 집중이 되지 않았다.

오디션에 나간다면 비웃을 아이들이 상상되었다. 저까짓 게 오디션이라니. 이채의 뮤직비디오에 출연하겠다니. 정작 가상현실 뮤직비디오가 나오면 보지도 못할 애가. 얼굴도 못생겨서는. 설마 쟤도 이채를 좋아해? 저런 애도 이채의 팬이야?

숲은 밀쳤던 태블릿을 다시 끌어당겼다.

'뭐라고 쓰여 있나 보기라도 하자.'

수학 교재를 닫고 학교 공지 게시판을 열었다. 오디션 안내문이 올라와 있었다. 숲은 제목을 탭해서 내용으로 들어갔다.

○○○ ⟨ | ⟩   C + ⊡ ≡

우리 학교 동문인 아이돌 이채의 신곡 〈만나자, 지금〉의 뮤직비디오에 출연할 재학생 선발을 위해 오디션을 진행합니다.

제목이 〈만나자, 지금〉이구나.

숲은 빙그레 미소 지었다. 이채의 노래들은 제목이 늘 한국어였다. 노스탤지어를 자극하면서 친밀감을 주려는 의도겠지. 제목만 봤을 뿐인데 안심이 되었다. 지난 앨범 반응이 미지근했어서 돌파구를 꾀한답시고 전혀 이채답지 않은 콘셉트를 들고나온다면 어쩌나 걱정했는데, 그러지는 않을 모양이었다. 숲은 이채가 자기 세계를 지키기를 바랐다.

일시 | 4월 3일 금요일 방과 후

대상 | 전교생

조건 | 6개월 내 아칸타 백신 접종을 완료한 자

숲의 눈길이 '조건'에서 멎었다. 〈만나자, 지금〉을 보고 부풀었던 가슴이 자기도 모르게 내려앉았다.

그럼 그렇지. 아칸타에 무방비하게 대면 오디션과 촬영을 진행할 리 없었다. 백신은 전염을 100퍼센트 막아주는 것은 아니지만 최선의 예방책이었다. 이채라는 몸값 비싼 아이돌을 비롯해 관계자들을 아칸타로부터 방어하기 위해서는 백신 접종이 필수이리라.

하지만 그러면 신청할 수 있는 사람이 많지 않을 것이다. 다온은 물론 가능하겠지. 하지만 그 외에는 백신을 안 맞은 아이들이 대다수였다. 여러 이유가 있었지만 무엇보다도 백신이 비싸서였다. 정부에서는 백신을 1년에 두 번씩 주기적으로 맞으라고 권장했지만, 아칸타를 완벽하게 막아주지도 못하는 백신에 그만한 돈을 꼬박꼬박 들이기는 아깝다고들 생각했다. 아니면 그렇게까지 자주 맞지 않아도 별일 없다고 여기는, 운 좋게 아칸타에 한 번도 걸린 적 없는 사람들도 있었다. 정부의 권고를 지키고 싶어도 정말로 그럴 여유가 없는 사람들도 있었다. 숲과 엄마는 때로는 엄마의 봉급을 쪼개서, 때로는 감염률이 높아질 때 시행되는 저소득층 지원을 받아서 백신을 맞았지만, 6개월에 한 번이라는 주기를 지키기는 어려웠다. 숲이 마지막으로 백신을 맞은 건 약 10개월 전이었다.

"우리 백신 맞아야 하는데. 다음 돈 들어오면 맞자."

엄마가 그렇게 말한 게 벌써 두어 달 전이었다. 숲은 왜 아직 못 맞고 있는 거냐고 굳이 묻지 않았다. 집주인이 세를 올려달라고 했나? 숲이 더 맛있는 대체식을 먹고 싶다고 우겨서 사들였던 새로운 브랜드의 벌크 상품이 너무 비쌌나? 고장 났던 보일러 수리비 때문인가? 몇 달 전 엄마 병이 심해져서 일을 쉬었던 여파인가? 그중 어떤 이유라도 가능했다. 그 모두일 수도 있다.

체념과 동시에 묘한 안도감이 들었다. 어차피 오디션엔 신청

못 한다고, 나는 백신을 맞은 지 오래돼서 신청할 자격이 없다고 말할 수 있게 되었으니까.

숲은 게시판 창을 닫으려고 손을 내밀었다. 그런데 문득 아까까지는 안 보였던, 작은 글씨로 된 문구가 눈에 띄었다.

※ 미접종자가 신청 시 드림 엔터테인먼트 주관하에 접종 필요 (무료)

숲은 그 문장을 한참 들여다보았다.

그러니까, 접종한 지 6개월이 지난 사람은 무료로 접종을 받을 수 있다는 뜻이었다.

다시 말해, 이채의 소속사에서 오디션 참가자들에게 백신 무료 접종을 지원한다는 뜻이었다.

뭐 하러 이렇게까지 하지? 숲은 어안이 벙벙해졌다. 연기 경험이라고는 없는 초짜들을 뮤직비디오에 내보내는 것도 모자라, 오디션만 봐도 백신을 공짜로 맞혀준다니. 거의 자선 사업이나 다름없지 않은가. 그뿐만 아니라 오디션을 통과해 출연이 확정된다면 나름의 출연료도 지급할 텐데…

출연료? 그러고 보니, 출연료도 있었다.

숲은 뒤늦게 거기에 생각이 미친 자신이 어이가 없었다. 엄마에게 미안하다고 늘 생각만 하고, 도움이 될 방법이 눈앞에 주어져도 알아보지도 못하다니.

철이 없었다. 숲은 빨리 어른이 되고 싶다고 다시금 생각했다.

7

또 토했다.

이채는 변기에서 몸을 떼어내 화장실 벽에 기대어 앉았다. 몸에 힘이 하나도 없었다. 목이 아프고 눈과 코가 시큰거리고 속이 쓰렸다. 공기 중에 남은 냄새가 역겨워서 구역질이 자꾸 올라오려 했다. 당장 씻고 나가고 싶었지만 현기증 때문에 일어나기가 힘들었다. 이채는 잠시 그 자리에 앉은 채 몸을 가누며 어쩌다 이렇게 됐는지 생각에 잠겼다.

오늘은 디저트와 함께하는 팬미팅이 있었다. 연어 샌드위치, 스콘, 클로티드 크림, 금귤 잼, 블루베리와 카시스가 들어간 치즈 케이크, 초콜릿 타르트가 올라간 3단 트레이에 다즐링 한 주전자를 앞에 두고 애프터눈 티를 즐겼다. 가상현실로 팬들을 만나 티타임이나 식사를 함께 즐기며 소통하는 형식의 팬미팅이 유행이었다. 팬들은 이채가 눈앞에 있는 것처럼 가까이에서 보며 이채의 향수 냄새를 맡고 이채의 목소리를 듣고 이채와 악수를 할 수 있었고, 이채가 먹는 디저트와 차의 맛을 똑같이 느끼는 감각 체험을 할 수 있었다. 팬들이 이채에게 말을 걸면 서버가 수백 명의 팬들 중 한 명의 말을 랜덤으로 선택해 이채에게 들려주었고, 이채가 거기에 반응함으로써 대화가 이루어졌다. 그렇게 해서 전개되는 대화는 매끄럽지만은 않았고 일대일 만남 같은 느낌을 주지도 못했지만, 팬들은 이채의 인격을 모방한 인공지능이 탑재된 가상현실 게임보다 진짜 이채를 만날 수 있는 이런 팬미팅을 더 좋아했다.

이런 자리에서 아이돌에게 필요한 요령이 있었다. 조금만 먹되, 맛있게 먹기. 사람들이 기대하는 것은 아이돌이 진짜 음식을 먹는 모습을 보여줘 대리만족을 주면서도 살은 찌지 않는 것이었다. 그러니까 아예 안 먹어서도 안 되고, 많이 먹어서도 안 됐다. 모순적인 요구 사이에서 균형을 잡는 것이 중요했다. 이채는 그러려고 했다.

이건 어렵지 않았다. 데뷔 초에는 이 모순이 이해가 되지 않아서 먹는 양을 조절하는 데 실패하곤 했지만 이제는 익숙해졌다. 요즘은 수많은 사람들이 지켜보는 앞에서는 뭐든 많이 먹을 마음이 들지도 않았다. "너 요즘 살쪘네", "그렇게 먹으니까 살찌는 거야" 같은 말을 누군가는 틀림없이 하고 있을 것 같았다. 서

버의 클린 시스템이 걸러줘서 이채의 귀에까지 닿지 않을 뿐. 눈 앞의 디저트들이 흉물스럽게 보였다. 이채는 그럼에도 아무렇지 않은 척 밝게 웃으며 스콘에 크림과 잼을 정성껏 발라 보기 좋게 베어 먹었다. 이렇게 여러분과 맛있는 걸 먹으며 대화할 수 있어서 기뻐요. 가상현실이 있어서 정말 좋지 않아요? 이채가 그렇게 말하면 사람들은 동의했다. 나도 좋아. 맛있어. 네가 먹는 게 보기 좋아. 이채야, 사랑해. 다음 곡 기대돼. 뮤직비디오 촬영 힘내. 널 언제나 응원해. 이채에게 전하고 싶은 간절한 마음이 담긴 말들이 놀라울 만큼 서로 비슷비슷한 내용으로 흘러들었다. 사랑한다는 말을 수없이 들었다. 이채도 사랑한다는 말을 수없이 했다. 그렇게 기나긴 1시간 30분이 흘러갔고 이채는 이만하면 잘해냈다, 만족스럽다 생각하며 팬미팅을 끝냈다.

긴장을 풀려고 누워서 드라마를 한 편 봤다. 그리고 SNS를 들여다보며 자기 이름을 검색해 본 다음 다른 연예인들의 가십을 훑어보았다. 그러다 보니 허기가 올라왔고, 그와 동시에 기분이 안 좋아졌다. 드넓은 집 안이 지나치게 조용했다. 그 조용함이 무서웠다. 사랑한다는 말을 그렇게 많이 들었는데 이상하게도 그 누구도 이채를 사랑하지 않는 것 같았다. 무언가 시커먼 것이 거실 한편에 서 있는 것 같았다. 그 생각을 잊으려고 이채는 스튜디오에 놔뒀던 디저트들을 가져다 먹기 시작했다.

먹는 동안은 행복했다.

애초에 먹지 않는다면 토하지도 않을 텐데. 집 안에서 음식을 없앨 수도 없다. 먹는 것을 사람들에게 보여줘야 하니까. 소속사에서, 방송사에서, 협찬 업체에서 온갖 귀하고 맛있는 음식을 보내줬다. 그 음식들이 사랑스러웠고 저주스러웠다. 차라리 대체식만 먹던 데뷔 전으로 돌아가고 싶다는 생각마저 들었다.

데뷔 전까지만 해도 살 문제로 고민하지 않았다. 날씬한 몸매는 물론 중요하게 생각했지만 그건 노력하지 않아도 저절로 유지가 되었다. 이채가 거의 먹지 않았기 때문이다. 집에서 엄마가 주는 대체식은, 아니 엄마가 주는 것은 무엇이든 간에 먹고 싶지 않았다. 엄마가 미워서이기도 했고, 엄마를 사랑해서이기도 했다. 엄마에게 관심을 받고도 싶었고 엄마를 거부하고도 싶었다. 하루하루 말라가는 걸 보여주는 방식으로. 그러다 배가 고파 미칠 것 같은 새벽에 몰래 찬장으로 가서 대체식을 맨입에 털어 먹거나, 학교에서 배급으로 나오는 대체식을 먹거나, 저녁에 친구들과 술을 마시며 버텼다. 물론 부자들이 먹는 와인이나 맥주 같은 건 꿈도 못 꿨다. 이채가 친구들과 마신 술은 한국 노지에서 가장 잘 자라는 식물인 곰보 선인장으로 빚은 독한 술이었다. 곰보 선인장은 너무 맛이 없고 독성도 있어서 음식으로는 쓰이지 못했지만 사람들은 그걸 어떻게든 발효시켜 술로 만들었다. 술은 영양분은 없지만 열량을 공급해 줄 뿐만 아니라 기분을 좋게 해주었다. 더구나 친구들과 같이 있을 구실이 되었다. 안 마실 이유가 없었다.

그러다 데뷔하고 나니 상황이 달라졌다. 우선 엄마와 결별했고, 진짜 음식을 먹을 수 있게 되었다. 처음에는 행복했다. 엄마를 보지 않을 수 있어서 좋았고, 음식으로 말할 것 같으면, 먹는다는 게 얼마나 즐거운 일일 수 있는지 깨닫고 충격을 받았다. 입 안에서 바스러지고, 녹아내리고, 톡 쏘고, 쫀득하게 들러붙고, 부드럽게 감싸 오는 수많은 맛들. 처음으로 달걀과 고기와 참기름과 갖은 나물을 넣은 비빔밥을 먹은 순간을 잊을 수 없었다. 이채는 숟가락과 밥그릇을 끌어안고 펑펑 울었다. 세상에 이런 즐거움이 있어. 나는 이런 즐거움을 누릴 수 있어. 그러니까 나는 이제 괜찮아. 나 자신에게 이렇게나 좋은 걸 줄 수 있어. 그리고 이렇게 좋은 걸 주라고 말하는 사람들이 있어. 팬들은 이채가 먹는 걸 보면 기뻐했다. 자기들이 직접 먹는 것도 아니면서. 가상현실로 이채가 느끼는 맛을 자기들도 똑같이 느끼고 있다고 상상한대도, 어쨌든 남의 배 속으로 들어가는 것인데 그걸 그렇게 좋아해 주다니 신기했다. 이채의 행복이 곧 자신들의 행복이라고 착각하는 듯했다. 그들을 위해 행복을 전시하는 것이 이채의 의무였다. 그래서 먹었다.

회사에서 손 놓고 있었던 것은 아니었다. 회사는 이채가 방송을 위해 먹어야 하는 만큼 방송을 하지 않을 때는 음식물 섭취를 엄격히 제한하고 운동을 시켰다. 전담 트레이너를 붙였고, 홈 시스템에 접근해 이채의 생활을 점검했다. 현대 중산층은 가공식품을 주로 먹는 데다 바깥 활동을 잘 안 하기 때문에 살찌기 쉬웠다. 더욱이 이채는 일종의 신분 상승을 했으니, 처음부터 자기 관리를 하며 성장한 아이돌 청소년들과 달리 절제가 잘 안될수 있다는 점을 회사도 인지하고 있었다. 만약 이채가 회사가 시키는 대로만 했다면 살이 찌지 않았을 것이다. 하지만 회사가 미처 통제하지 못한 변수가 있었으니, 그건 술이었다.

왜 술을 마셔야 했을까? 이채는 더 이상 술을 마실 이유가 없었다. 값싼 열량을 얻을 필요도, 엄마의 폭언과 구타를 취기로 달랠 필요도, 난폭하고 야만스러운 친구들과 어울리려 술을 마셔야 할 필요도 없었다. 그런데도 마셨다. 그것도 싸구려 선인장술을. 스스로가 도저히 이해되지 않았지만 이채는 그 맛대가리 없는 술이 그리웠다. 엄마도, 친구들도 그립지 않은데 술은 그랬다. 혼자 있을 때, 아니 정확히는 가상현실에 접속하지 않는 시간이면 술이 자꾸 생각났다. 마시지 않으면 불안하고 공허했다. 그래서 마셨다. 아니면 음식을 먹었다. 두 가지 다 참을 수는 없었다. 술을 참으면 음식을 먹게 되었고, 음식을 참으면 술을 먹게 되었다. 그러다 보니 살이 쪘다.

데뷔 때 입었던 무대 의상을 오랜만에 입고 음악 방송을 하려던 날, 의상이 몸에 맞지 않는다는 것을 알고 이채는 패닉에 빠졌다. 스커트 허리 단추가 너무 끼어서 뱃살이 허릿단 위로 접히려고 했다. 그날 먹은 모든 것을 무효로 하고 싶었다. 팬들 앞에서 춤을 추며 노래를 하는 동안 스커트 허릿단에 짓눌린 배 속이 울렁거렸다. 금방이라도 토할 것 같았다. 억지로 웃으며 자기 차례를 끝까지 마쳤다. 그리고 끝나자마자 화장실로 달려가 토했다.

1시간 전에 먹은, 소화되다 만 김밥이 입 밖으로 나왔다. 다는 아니지만 그래도 절반은 게워낸 것 같았다. 토하는 동안은 고통스럽고 비참했다. 하지만 변기 물을 내리고 입과 손을 씻고 양치를 하고 나니 개운했다. 몸이 한결 가벼웠고, 배 속이 텅 빈 감각이 마음에 들었다. 속이 깨끗해졌다는, 백지 상태가 되었다는, 처음으로 되돌아왔다는 느낌. 원한다면 처음으로 되돌릴 수 있다는 느낌. 노래 연습을 할 때 잘못 부른 노래들의 녹음 파일을 다 삭제하고 만족스러운 결과물 하나만 남겼을 때와 비슷했다. 언제든지 오점을 지우고 자기 자신을 가다듬고 다시 시작할 수 있는 것이다.

그때부터 토하는 버릇이 생겼다. 물론 음식과 술부터 자제하려고, 토할 일을 만들지 않으려고 노력하긴 했다. 어쨌든 먹고 토하는 건 더럽고 비정상적인 데다가 오늘날처럼 식량이 부족한 시대에는 완전히 부도덕한 짓이기까지 하니까. 게다가 이 짓을 계속하다 보면 피부가 상하고 얼굴이 망가질 수도 있다고 했다. 위산이 거듭 끼얹어진 손가락에는 이미 굳은살이 잡혔다. 이채는 침샘 비대증으로 턱 밑이 부어오른 환자들의 사진을 검색해보며 스스로를 다잡았다. 다시는 이러지 말자. 이러다 보면 결국 들킬 거야. 흉해질 거야. 그러면 사람들이 더 이상 나를 좋아하지 않겠지. 엄마 말대로 쓸모없고 멍청한 계집애가 되는 거야.

이채는 하염없이 양치질을 하며 되새겼다.
'다시는 이러지 말자.'
치약을 뱉고 입을 헹군 뒤 거울을 보며 웃었다.
'난 괜찮아. 사람들은 나를 좋아해.'

이채는 심호흡을 하고 욕실을 나왔다. 이제 운동할 시간이었다. 트레이너와 약속한 시간에서 이미 5분 늦었다. 더 지체되면 미경에게 알림이 갈 것이고, 그러면 또 미경이 전화해 잔소리를 할 것이다. 운동을 하자, 그렇게 잡생각을 잊자. 그런 다음 목욕을 하고 마사지를 하고 팬들에게 잘 자라는 메시지를 보내고 자자. 그걸 언제 다 하나 싶지만 하나씩 하다 보면 또 어떻게든 지나갈 것이다.

8

숲은 오디션을 보러 가면 괴롭힘당할 거라 생각하고 잔뜩 긴장했다. 예전에 조별 과제 준비를 같이 하자고 부르는 데로 나갔더니 성매매 업소였던 적이 있었다. 이번에도 혹시 누군가가 엉뚱한 장소를 오디션 장소로 잘못 알려주진 않았을까 싶어서 몇 번이고 확인했다. 선생님이 약간 귀찮은 목소리로 강당이 맞다고 일러주었다.

그래도 조마조마해하던 숲은 강당에 도착하고서야 마음을 놓았다. 일단 아이들이 너무 많았다. 전교생이 온 것만 같았다. 하기야 오디션에서 통과하든 못 하든 최소한 백신은 맞을 수 있으니 신청을 안 하는 게 바보인지도 몰랐다. 흥분에 사로잡힌 아이들 사이에서 숲은 별로 눈에 띄지 않았다. "야, 너 연습 좀 하고 왔어?" "연습은 무슨 연습이야. 그냥 한번 해보는 거지." "확 돼버리면 좋겠다. 누가 알아, 나도 이런 식으로 아이돌 될지." "지랄을 해요." 이런 말을 주고받는 아이들 틈에서 조용히 앉아 있으려니 공연히 부아가 났다. 저렇게 장난치듯 지원하다니. 숲은 여기 오기까지 온갖 고민을 했는데. 숲에게 이채의 뮤직비디오 촬영은 신성한 사건이었고 거기에 참여하는 데에는 수많은 의미가 있었다. 하지만 겉으로 봐서는 숲이나 저 아이들이나 똑같은 한 무리의 경박한 고등학생들로 보이겠지. 그 사실을 생각하니 속상하면서도 한편으로는 묘하게 안심이 되었다. 어쨌든 숲의 얼굴에 가상현실 저항증자라고 쓰여 있지는 않다는 뜻이었다.

더구나 다온 무리와 마주칠 일도 없었다. 다온이나 진하와 같은 연극반 아이들은 조연 파트에 지원했다. 이채의 친구 역할로, 제법 본격적인 연기가 필요한 배역들이었다. 그 애들은 미리 대본의 일부를 받아서 지문에 따라 연기해야 한다고 했다. 오디션 장소도 강당이 아닌 다른 곳으로 분리되어 있었다. 반면 숲은 엑스트라 파트에 지원했고, 이 배역에는 별다른 준비가 필요 없었다. 뭘 보고 뽑는 것인지도 알 수 없었다. 아이들은 강당 플로어에 배치된 의자에 줄지어 앉거나, 이리저리 돌아다니며 대기하다가 한 명씩 무대로 올라가 심사위원을 대면했는데, 무대는 칸막이로 가려져 있었기에 그 안에서 무슨 일이 일어나는지는 몰랐다. 숲은 칸막이 안에서 5분 정도 시간을 보내고 나온 아이들이 상기된 얼굴로 선생님의 지시를 따라 강당을 빠져나가는 것을 보며 긴장했다.

그런데 칸막이 안에 들어가 보니 심사위원이 정확히 뭘 평가하는 것인지 여전히 알 수 없었다.

"안녕하세요."

"안녕. 점심 먹었니?"

캐주얼한 옷차림을 한 젊은 남자가 친절하게 물었다. 숲은 그로부터 3미터쯤 떨어진 위치에 서게 되어 있었다. 남자 옆에는 카메라가 설치되어 숲의 모습을 담고 있었다.

숲은 당황했다. 그러고 보니 돈 많은 사람들 사이에서는 식사를 했냐고 묻는 게 인사말이라던 얘기가 떠올랐다. 그들에게 식사는 일정한 시간과 정성이 들고 즐거움이 생기는 일이었다. 그들은 바깥 활동도, 이동도 잘 안 하는 대신 집에서 요리를 한다고 했다.

숲은 기분이 나빴지만 티 내지 않으려 노력하며 공손하게 말했다.

"네, 잘 먹었어요."

"이름이 뭐야?"

"정숲이라고 합니다."

"그래. 숲은 오디션에 왜 지원했니?"

숲은 잠깐 고민했다. 여러 이유가 있었다. 하지만 가장 중요한 이유는 한 가지였다. 숲은 거짓말을 하고 싶지 않았다. 그 외에 다른 더 중요한 이유가 있을 수 있다는 듯 말하는 저 심사위원에게 입바른 소리를 하고 싶지 않았다.

"돈 때문에요. 오디션을 보면 무료로 접종을 받을 수 있고, 만약 통과하면 출연료도 받을 수 있다고 해서요."

숲은 담담히 대답했다.

심사위원이 뭐라고 태블릿에 적었다.

그 외에 몇 마디 대화가 오갔다. 이채에 대해 얼마나 아느냐, 학교생활은 어떠냐, 출연료를 받으면 무엇을 하고 싶으냐 등등. 숲은 모두 솔직히 대답했다. 그러면서 속으로 생각했다. 나는 글렀구나. 이런 대화도 연기의 연장이어야 할 텐데, 심사위원의 마음에 들기 위해 노력하며 없는 말도 지어내야 할 텐데, 숲은 그러지 못했다. 꽝이었다. 접종을 받은 것으로 감지덕지라고 생각해야지. 숲은 아직 살짝 부어 있는, 주사를 맞은 팔뚝을 의식했다.

그다음에는 몇 가지 지시에 따라 연기를 해보는 과제가 주어졌다. 연기라고 할 것도 없는 간단한 행동이었다. 여기서부터 저기까지 걸어보세요. 뛰어보세요. 카메라를 보면서 웃어보세요. 찡그려 보세요. 저 의자에 앉아 책상 위에 펼쳐진 책을 읽는 척해보세요. 아무 글씨나 써보세요. 숲은 시키는 대로 했다. 기대를 놓았더니 긴장도 별로 되지 않았다.

그렇게 오디션을 마치고 집으로 돌아갔다.

문제는 그다음에 벌어졌다.

사흘 뒤 학교 사이트에 공지가 떴다. 숲은 아무 기대 없이, 그저 어떤 아이들이 뮤직비디오에 출연하게 됐는지 궁금해서 공지를 확인했다. 그리고 그 사이에서 자기 이름을 발견하고 깜짝 놀랐다.

혹시 뭔가 잘못됐나 싶어서 새로고침을 해봤다. 변함없었다. 2학년 3반 정숲이라고 쓰여 있었다.

얼떨떨했다. 뭔가 착오가 있었던 것 같다는 생각을 지울 수 없었다. 하지만 그럴 리는 없다. 드림 엔터테인먼트 측에서 설정한 어떤 기준이 있었고, 숲이 거기에 부합했을 것이다. 그게 뭔지는 모르지만.

"엄마, 나 오디션 됐어."

숲이 여전히 어안이 벙벙한 채 말하자 엄마가 반색했다.

"와! 정말?"

베란다에서 빨래를 널던 엄마가 한 손에는 팬티를, 한 손에는 빨래집게를 든 채 펄쩍 뛰었다. 숲은 그 모습이 우스워서 킥 웃음을 터뜨렸다.

빨래는 가장 허무한 집안일이었다. 청소는 일단 하면 단 이틀이라도 먼지가 없는 방바닥을 볼 수 있기라도 하다. 하지만 옷은 빨자마자 더러워졌다. 창문을 닫고 빨래를 말리면 꿉꿉한 냄새가 났고 창문을 열고 말리면 거무죽죽한 먼지가 앉았다. 수도세는 또 얼마나 비싼지. 숲은 빨래에 드는 돈이 아까웠다. 빨래를 해야 병에 걸릴 확률이 줄어든다는 것은 상식이었지만, 밑 빠진 독에 물 붓는 일처럼 느껴졌다. 그 물로 차라리 샤워를 더 자주 하고 싶었다. 샤워는 일주일에 한 번만 하고 평소에는 물수건으로 몸을 닦는 것이 규칙이었다. 숲과 엄마가 함께 정한 규칙이었지만, 숲은 매일 뜨거운 물로 개운하게 목욕하고 싶은 욕구 때문에 엄마가 빨래를 할 때마다 자신이 쓸 몫의 물을 빼앗기기라도 한 듯이 아쉬워지곤 했다.

하지만 지금은 그런 마음이 들지 않았다. 엄마는 팬티와 빨래집게를 팽개치고 다가와 숲의 손을 잡았다.

"잘됐다, 야! 내가 뭐랬어, 혹시 모른다고 했지! 아이고, 우리 딸 대단하네!"

대단한가? 별로 한 것도 없는데. 대체 왜 뽑혔는지 모르겠는데. 숲은 그 생각을 굳이 밖으로 꺼내진 않고 머쓱하게 웃었다.

"네가 이채를 얼마나 좋아하는지 엄마가 잘 알지. 너 정말 특별한 경험을 하게 된 거야. 어휴, 내가 다 떨리네. 그리고 이것봐, 사람이 약점이 좀 있더라도 기회를 잡으려면 잡을 수 있는 거야. 항상 희망을 갖고 살아야 해."

그게 엄마의 지론이었다. 형편이 어려워도, 남들이 무시해도, 앞날이 어두워 보여도, 늘 희망을 갖고 살아야 한다. 옷을 빨아 입고, 마스크를 쓰고, 스스로를 잘 돌보려 노력하면서. 숲은 그런 엄마의 태도가 바보 같다고 생각할 때도 많았지만, 숲과 엄마가 온갖 구차한 노력을 하는 대신 부자들이 물과 음식을 뿌려주는 편이 훨씬 빠를 거라고 여겼지만, 그래도 엄마의 원칙을 존중했고 따랐다.

아이들이 숲을 싫어하는 데에는 그런 이유도 있었다. 잘난 척하는 것 같다고. 가상현실 입출력기를 가지고 뻐기는 건 정당한 잘난 척이지만, 한낱 가상현실 저항증 환자 주제에 고고하게 살려고 하는 건 우스꽝스러운 잘난 척이었다.

"그런가 봐, 엄마."

숲은 조용히 말했다.

"너는 애가 무뚝뚝해 가지고, 이럴 때도 별로 웃지를 않고. 좀 기뻐해라, 응?"

평소에 그렇게 듣기 싫어하는 무뚝뚝하다는 핀잔도 그다지 기분 나쁘지 않았다. 그런 걸 보면 기쁘긴 한 모양이었다. 숲은 그제야 자기 감정을 이해했다. 솔직히 기뻤다. 이채를 피하고 싶다고, 멀리 떨어져 있고 싶다고 생각했지만, 막상 이채와 가까이 있을 수 있게 되니 기뻤다.

숲은 찡그리듯이 웃었다. 엄마가 숲의 머리를 헝클어뜨렸다.

"너 이제 봐라. 이번 일 계기로 친구도 좀 생길지 몰라."

"뭐?"

숲의 웃음이 진짜 찡그림이 되었다.

"그렇잖아. 뮤직비디오를 어떻게 촬영하는지, 이채가 어떻게 생겼는지 다들 궁금해할걸. 너한테 와서 이것저것 묻기도 하고 그러지 않을까?"

그제야 숲은 엄마가 오디션을 보라고 떠민 진짜 이유를 깨달았다.

그리고 엄마의 생각이 얼마나 큰 착각이었는지는 다음 날 알게 되었다.

TRACK **2**

만나자,

지
금

9

한밤중 돌려 들은 믹스 테이프 속 반복되는 단어 러브, 러브, 러브

친구들과 떠드는 중에도 머릿속에는 온통 너를 허그, 허그, 허그, 오

어째서 모른 척하는 거야

알고도 시치미 떼는 거야

굳이 말해야만 알아듣겠다면 좋아, 전화부터 받아 봐

만나자, 지금

이채는 차 안에서 태블릿으로 영상을 보았다. 뮤직비디오에 들어갈 퍼포먼스 영상이었다. 집 안 연습실에서 혼자 립싱크하며 춤을 추는 이채의 모습이 다른 댄서들과 마치 한 공간에서 군무를 춘 것처럼 합성되어 있었다. 배경은 아직 미완성이어서 텅 비어 있었고 광원도, 그림자도 제멋대로라 뭔가 이상해 보였다. 곧 편집팀에서 영상을 마저 수정해 오후의 햇살이 쏟아지는 학교 운동장에서 춤추는 모습으로 만들 것이다. 그리고 훈훈한 봄바람, 모래 먼지가 섞인 공기 냄새 같은 감각 정보들을 추가할 것이다.

화면 속 이채는 블라우스, 조끼, 짧은 주름치마로 이루어진 교복을 입고 있었다. 교복이야말로 중산층 대중에게 동경의 대상이었다. 가상현실 학교에서는 학생들을 물리적으로 통제할 필요가 없다. 시스템에 남는 기록으로 충분히 통제가 되기에 굳이 교복을 입히지 않았다. 교사들의 통제도, 현실적 여건의 한계도 없이 마음껏 개성을 표현할 수 있으니 즐거워할 법도 한데, 사람들은 이상하게도 교복이라는 유니폼에 스스로를 가두는 경험에 기묘한 매혹을 느꼈다. 이채는 교복이 싫었지만 사람들이 이채의 교복 차림을 보고 싶어 한다면 입어야 했다.

만나, 만나, 만나자, 지금
너를 만나러 가려고 옷장을 뒤엎어 완벽한 원피스 찾아
그 옷에 딱 맞는 립스틱
립스틱에 딱 맞는 구두를
이 마법과 함께 예감이 좋아

만나, 만나, 만나자, 지금

너를 만나러 가는 길 심장이 뛰고 있어 저 높이, 꼭 무지개처럼
넌 무슨 옷을 입었을까
어떤 표정으로 돌아볼까
저 모퉁이를 돌면 그곳에는 바로

설레는 표정으로 카메라를 바라보는 소녀를 이채는 냉정한 눈길로 마주 보았다. 우르르 천둥처럼 울리는 드럼 위로 경쾌하게 솟아오르는 트럼펫 소리와 함께 소녀는 어깨를 흔들다, 손차양을 치고 카메라 저 너머를 바라보는 시늉을 했다. 그러다 빠밤, 하고 악기들이 한꺼번에 울린 순간 소녀는 카메라를 마주 보며 함박웃음을 지었다.

너야

맑은 고음으로 "너야"를 내지르던 소녀는 기쁨에 북받치는 얼굴로 춤을 췄다. 카메라가 뒤로 물러나면서 군무를 넓게 담았다. 같은 교복을 입은 댄서들이 양옆에서 일사불란하게 몸을 움직였고 소녀는 그 한가운데에서 발을 가볍게 굴렀다. 발짓에 따라 치마가 나풀나풀 흔들려 허벅지와 속바지가 엿보였다.
이채는 영상을 껐다.

그래도 살을 2킬로그램 뺐더니 봐줄 만했다. 얼굴 선이 갸름했고 다리도 좀 더 날씬해 보였다. 저걸 찍기 전까지 거의 먹질 않았다. 회사에서 먹는 게 필요한 촬영이나 행사를 빼주었기에 가능한 일이었다. 하지만 너무 기운이 없어서 춤을 충분히 힘차게 추지 못한 것 같아 불만이었다.

지금도 배가 고팠다. 이채는 차창에 머리를 기대고 멍하니 밖을 바라보았다. 눈은 창밖을 보고 있었지만 머릿속에는 음식 생각만 가득했다.

먹고 싶다. 도넛, 쌀국수, 삼겹살, 김치볶음밥, 짬뽕, 마카롱.

이채는 눈을 감았다. 스스로 이해가 안 될 정도로 서러웠다.

"왜 그래?"

옆에 있던 미경이 말을 걸었다. 이채는 여전히 눈을 감은 채 중얼거렸다.

"배고파."

"두유 줄까?"

이채는 한숨을 쉬었다.

"필요 없어."

미경이 혀를 찼다.

"음식 생각을 하질 마."

"에휴, 씨발."

"욕 좀 그만하고."

미경이 낮은 목소리로 타일렀다. 이채는 입술을 불퉁 내민 채 미경을 흘겨보았다.

미경은 뚱뚱한 체형이었다. 그래도 되는 직업이니까. 이채는 미경이 부러우면서도 한편으로는 '난 저렇게 되지 말아야지'라고 생각했다. 미경은 커다란 어깨와 팔뚝을 푹 덮는 맨투맨 티셔츠를 입고 청바지를 입고 있었다. 허벅지 위로 팽팽하게 늘어난 스판 데님 천에 눈길이 갔다. 저 살은 뭘로 이루어져 있을까? 매니저 월급이 그리 많지 않으니, 평소에는 대체식을 먹고 일주일에 한두 번쯤 밥을 먹지 않을까? 저만큼 살이 찌려면 고칼로리 음식을 먹겠지. 미경도 혼자 있을 때 술을 마실까? 이채는 미경의 식생활에 대해 잘 몰랐다. 비대면 생활을 하다 보면 누구하고든 얼굴 맞대고 식사하는 일이 거의 없었다. 미경은 매니저라서 그나마 대면으로도 종종 만나는 편인데도 그랬다.

서울까지 아직 2시간은 더 가야 했다. 이채는 현장 스케줄을 할 때마다 이동하고 대기하는 데 걸리는 시간이 지루했고, 그 시간 동안 옆에 사람이 있다는 게 낯설고 불편했다. 따지고 보면 인생의 절반 이상을 타인들과 부대끼며 살았는데, 사람이란 과연 적응의 동물이었다.

"근데 언니, 난 이해가 안 돼."

5분 정도 침묵이 흐른 뒤 이채가 입을 열었다.

"뭐가?"

"사람들이 나를 좋아하는 이유 중 하나는, 내가 서울 출신이라서 거칠게 자랐다는 점 때문이잖아."

이채는 실소를 참으며 말했다.

"그렇지."

"그런데 왜 사람들 앞에서 욕하면 안 돼?"

미경이 뭘 그런 걸 묻냐는 표정으로 이채를 빤히 보면서 입을 벙긋거리더니 다시 닫았다. 그러고는 생각에 잠겼다.

"으음, 막상 설명하려니까 어렵네. 뭐라고 할까, 비록 거칠게 자랐더라도 이제는 품위를 갖춘 사람이 됐기를 바라는 것 같아. 이젠 갱생했으니까 예전 일이 다 용서가 된다는 식이지. 최근에 리메이크된 영화 중에 〈마이 페어 레이디〉 있잖아. 그런 거 보면…"

"왈가닥 하층민 아가씨가 부잣집에 들어가 교육받고 우아한 숙녀가 되는 스토리?"

"그래, 그런 거."

"언닌 그게 말이 된다고 생각해?"

미경이 눈살을 찌푸렸다.

"글쎄… 말이 되든 안 되든 다들 그런 걸 좋아해."

"하지만 이상한걸. 다들 진짜를 보고 싶어 한다며. 그런데 아이돌이 연애라도 하면 난리가 나지. 진짜 사람을 보고는 싶은데 진짜 사람이 섹스하는 건 또 싫은가?"

이채는 어깨를 으쓱하며 말을 이었다.

"그러면서 내 치마 속 허벅지는 보고 싶어 하지. 암시장에서는 '가상현실로 즐기는 아이돌 이채와의 섹스!' 이딴 상품이 불티나게 팔리고. 어느 장단에 맞춰야 하는지 모르겠어, 난."

미경은 시니컬한 이채의 말투에 미간을 찡그렸지만 타박하지는 않았다. 실제 사람의 가상현실 데이터를 조작해 포르노화하는 것은 불법이었지만 그런 시도는 음지에서 끊임없이 이루어졌다. 이채는 지금이야 성인이지만 데뷔했을 때는 청소년이었는데 그때부터 이미 업자들에 의해 섹스 아이돌로 재생산되었다. 그건 이중으로 현행법에 저촉되는 짓이었다. 회사에서는 물론 단속을 했지만, 사실 그런 상품들이 완전히 근절되는 것은 불가능하다는 점을 알고 암암리에 이용하는 것 같기도 했다. 남자들은 이채와 가상으로 섹스할 수 있기 때문에 이채를 더 좋아하니까.

이채보다 열 살 많은 미경은 어린 이채에게 어디서부터 어디까지 말해야 할지 조심스러운 듯했다.

"이채야, 회사에서도 노력하고 있어."

"그딴 건 나도 알아. 그리고 난 가상현실 포르노엔 별 유감 없어. 남들이 내 허상이랑 떡치든 말든 어차피 내 몸에 일어나는 일도 아닌데 뭐. 난 그냥 사람들의 이중 잣대가 좆같다는 거야."

미경이 안타까운 표정을 지었다. 일부러 강경하게 말했는데도, 아니 오히려 그 강경한 말투 때문에 더 측은한 모양이었다. 이채는 짜증이 났다.

"그러게 말이야, 모순적이지. 남자들이 원래 그래. 여자가 개방적이길 바라면서, 그렇다고 천박해 보이는 건 싫어하더라."

미경이 달래듯 말했다.

"하."

이채는 짧게 코웃음을 치고 차창 밖으로 시선을 돌렸다. 먼지 투성이 도로 옆 바리케이드로 선인장이 자란 황량한 언덕들이 지나가고 있었다.

이게 남자들의 문제인가? 물론 남자들은 문제이긴 했다. 하지만 여자들도 마찬가지 아닌가? 만약 이채가 라이브 방송 도중 욕설을 한다면 당장 여자들부터 비난할 것이다. 이채가 누군가와 데이트를 하다 들킨다면 여자들이 나서서 그 관계가 얼마나 적절한지, 둘이 얼마나 잘 어울리는지, 이채가 어떻게 꼬리를 쳤는지에 대해 이러쿵저러쿵 말을 얹을 것이다. 비대면 생활을 하는 중상류층 여자들은 타인과 물리적으로 접촉할 일이 별로 없다 보니 성적 접촉에도 극도로 조심스러웠다. 그들은 섹스가 부부 사이에 아기를 낳기 위해 어쩔 수 없이 해야 하는, 세균과 바이러스를 교환하는 불결한 행위라고 생각하면서도, 한편으로는 섹스에 환상을 품었다. 그들은 이채가 대면 학교에 다니며 어른들 몰래 섹스했으리라 상상하며 동경하면서도, 정확히 같은 이유로 이채를 은근히 경멸했다.

여자 팬들? 그들은 이채에 대한 그런 소문을 격하게 반박했다. 여자 팬들은 이채를 어린 창녀쯤으로 여기는 여성 대중과 어린 창녀로 만들고 싶어 하는 남성 대중 모두를 미워했고, 이채는 어디까지나 순수하고 선량한 여성 청년이라고 변호했다. 서울 출신 여성이라고 해서 성적으로 문란하다거나 만만할 거라고 생각하는 건 지역 차별이며 이채의 품위를 깎아내리는 악의적인 폭력이라는 논지였다. 그들의 머릿속에서 이채는 세상 물정 모르는 천진한 아기였다.

솔직히 이채는 팬들의 그런 반응에도 진절머리가 났다. 결국 팬들도 이채의 환상을 사랑하고 있을 뿐이었다.

'순수하고 선량하다고? 아무것도 모르는 아기일 뿐이라고? 누굴 아기 취급이야? 너희야말로 나에 대해 뭘 아는데?'

차라리 남자 팬들은 이해하기 쉽기라도 했다. 그들은 이채와 자고 싶어 했다. 그 소망을 직접적으로 표현하느냐, 우회적으로 표현하느냐, 부인하느냐의 차이가 있을 뿐.

이채가 무슨 생각을 하는지도 모른 채 미경이 말했다.

"대본이랑 콘티 봐서 알겠지만, 이번 촬영에서 남자애들과 섞일 일은 없을 거야. 주요 조연들은 다 여자애들이야. 너 곤란해질 일 없게 최대한 안배했다고 했어."

이채는 아무 대꾸도 하지 않았다. '난 남자애들보다 여자애들이 더 싫은데'라고 말해봤자 달라질 건 없었다. 어차피 여자 아이돌이 남자랑 지나치게 상호작용을 많이 하는 뮤직비디오를 내놔서 좋을 게 없으니까. 남자 팬들도, 여자 팬들도 그런 콘텐츠는 좋아하지 않는다. 상업적인 전략일 뿐인데 이채를 배려해서 그런 선택을 한 듯이 말하는 게 웃겼다.

"뽑힌 여자애들은? 다 연극반 애들이겠지?"

이채가 묻자 미경이 태블릿을 두들겨 보았다.

"대부분은. 엑스트라는 연극반 아닌 애들도 있고."

"뭘 기준으로 뽑았대?"

"믿을 만한 애들인지. 조연은 실력도 봤지만, 엑스트라는 돈 때문에 한다고 말하는 애들한테 가산점을 줬대. 너를 너무 좋아해서 지원한 애들은 사심 때문에 허튼짓을 할 수도 있으니까."

"그건 잘했네."

실질적으로 이틀 동안 팬미팅을 하는 것이나 다름없는 뮤직비디오 촬영은 상상만 해도 피곤했다. 그나마 일을 하겠다는 마음

가짐으로 오는 아이들이 있다는 건 다행이었다.

이채는 다시 눈을 감았다. 이틀. 앞으로 이틀만 고생하면 된다.

10

숲이 오디션에 붙은 것은 누구도 예상 못 한 사건이었다. 하지만 진하가 오디션에 떨어진 것은 예상 가능한 사건이었다.

진하는 연극반에서 중요한 배역을 맡곤 했지만 그건 다 다온이 끌어올려 준 덕택이었다. 진하는 뭘 모르는 숲이 보기에도 연기를 잘 못했다. 〈로미오와 줄리엣〉에서 줄리엣의 유모 역할을 한답시고 "열두 살적 제 처녀막을 두고 맹세코…", "저는 젖꼭지에다 약쑥 즙을 발라놓고…", "아가씨 이마에 불알만 한 혹이 났는데…" 같은 대사를 늘어놓는데, 천연덕스럽고 수더분하게 해야 할 야한 말들을 국어 교과서 읽듯 딱딱하게 하는 바람에 모두가 웃었던 적이 있었다. 반면 줄리엣 역을 맡은 다온의 연기는 진하와 대조되어서 오히려 돋보였다. 다온이 진하의 실력이 형편없다는 걸 알면서도 그 애에게 두 번째로 큰 배역을 맡기는 까닭은, 첫 번째로 큰 배역은 어디까지나 자기 차지여야 했고,

두 번째로는 진하가 친한 친구여서만이 아니라 진하의 서툰 연기 덕에 다온이 더 탁월해 보여서이기도 할 것이다.

그러나 그런 작전은 드림 엔터테인먼트 오디션에서는 통하지 않았다. 다온은 붙었고, 진하는 떨어졌다. 애써 모른 척하던 실력 차이가 만천하에 드러났고, 둘의 우정에 위기가 닥쳤다. 그리고 다온과 진하가 위기를 극복하기 위해 찾은 방법은 숲을 공략하는 것이었다.

"정숲. 어디 가?"

촬영하러 학교에 가는 길, 집에서 5분 정도 떨어진 공터에 이르렀을 때 반갑지 않은 목소리가 숲을 불렀다. 돌아보니 다온과 진하가 서 있었다. 둘 다 마스크를 쓴 채였다. 출연 학생들에게 '마스크를 필수로 지참할 것, 촬영하지 않을 때는 반드시 착용할 것'이라는 공지가 내려졌기 때문이었다. 교칙과 달리 드림 엔터테인먼트의 지침은 무시하지 않았다. 지침을 어겼다가 출연이 취소되기라도 하면 큰일이니까.

하지만 진하는 출연자가 아닌데도 마스크를 쓰고 있었다. 숲은 그게 무슨 의미인지 곧장 알아차렸다.

"학교 가려고 하는데."

숲은 한 발짝 물러서서 둘을 경계하며 말했다. 그러자 다온이 진하를 뒤세우고 숲에게 한 발짝 다가와 거리를 다시 좁혔다. 다

106

온은 차가운 미소를 짓고 있었다.

"저번에 말한 거 생각해 봤어?"

숲은 시선을 피했다.

오디션 결과가 떴을 때 다온은 숲에게 제안했었다. 아프다는 핑계로 출연을 포기하고 대신 그 자리에 진하를 추천하는 게 어떻겠냐고. 진하는 원래 조연으로 지원했지만, 숲이 엑스트라 자리를 양보한다면 그걸 하더라도 개의치 않는다고 했다. 숲에게도 그편이 나을 거라고, 마치 숲을 위하듯이 말했다. 드림 엔터테인먼트 관계자들은 숲이 가상현실 저항증자라는 것을 몰라서 뽑았겠지만 만약 알게 되면 다들 곤란해할 거라고, 숲이 이 프로젝트에 끼어드는 건 모두에게 민폐라는 것이었다. 이채가 가상현실 저항증자와 부대꼈다는 소문이라도 나면 이채에게도 피해가 가지 않겠냐고.

그럴지도 모른다.

가상현실 접속이 필요하지 않은 분야의 채용에서 가상현실 저항증자를 대놓고 배제하는 것은 불법이다. 그래서 숲을 가려내지 못했을 것이다. 그러나 만약 알았다면 숲을 군이 뽑지 않았을지도 모른다. 숲은 자신과 비슷한 형편의 서울 주민들만 만나봐서 잘 모르지만, 듣기로는 중산층 사람들은 가상현실 저항증이 전염된다고 믿는 경향이 있다고 했다. 과학적으로 낭설이라는 것이 진작에 밝혀졌음에도 불구하고, 가상현실 저항증자와 가까이 지내면 유전자에 변형이 일어나서 아칸타 바이러스에 걸렸을 때 같은 후유증을 앓게 될 확률이 높다는 속설이 횡행했다. 그래서 그들은 가상현실 저항증자를 경멸하는 것을 넘어서 무서워하기까지 한다고 했다.

"생각은 해봤어."

숲이 느릿느릿 말하자 이번에는 진하가 나서서 초조한 듯 다그쳤다.

"그래서? 받아들일 거지? 너한테도 좋은 제안이잖아. 출연료의 절반을 떼어준다니까. 넌 일을 안 하고도 돈을 벌게 되는 거야."

다온이 여유로운 태도로 거들었다.

"모두를 위해서야. 진하를 위해서도, 너를 위해서도, 이채를 위해서도. 그리고 어쨌든 너는 이채한테 별 관심도 없잖아. 하지만 진하는 이채를 정말 좋아해. 더 간절한 사람한테 기회가 가는 게 맞지 않니?"

그 말에 숲은 발끈하면서도 한편으로는 안도감을 느꼈다. 숲이 이채에게 얼마나 진심인지는 여전히 티가 나지 않는 모양이었다.

"이번에 양보하면 아이들에게 더 이상 널 괴롭히지 말라고 할게."

다온이 매끈한, 상냥한 미소를 지었다. 그걸 보면서 숲은 생각
했다.

과연 연기를 잘하긴 잘하는구나.

만약 다온에 대해 몰랐다면 저 말을 믿었을 것 같았다. 출연료
를 나눠주겠다는 진하의 약속은 공허하게 들렸지만, 앞으로 아
이들에게 숲을 괴롭히지 말라고 하겠다는 다온의 말은 그럴싸했
다. 달콤했다. 어쩌면 숲이 그걸 믿고 싶어서 그런지도 몰랐다.

하지만 숲은 바보가 아니었다.

숲은 입을 열었다가 다시 닫았다. 거절해야 한다. 알지만, 거절
의 말을 입 밖으로 꺼내려니 두려움이 치밀었다. 마음속에서 다
온의 달콤한 목소리가 숲을 유혹했다. 지금 여기서 제안을 받아
들이면 당장 고통스러울 일은 없을 것이다. 저 애들은 기분이 좋
아질 것이고, 일하느라 바빠질 것이고, 적어도 당분간은 숲을 건
드리지 않을 것이다. 반면 거절한다면 어떤 보복이 돌아올지 모
른다.

하지만 용기를 내야 했다.

"단도직입적으로 대답할게."

숲은 욕지기를 삼키며 말했다.

"그 제안은 받아들일 수 없어."

다온의 입꼬리가 내려가고 눈썹 끝이 바짝 올라갔다. 진하는 눈을 크게 뜨고 입을 벌렸다. 둘이 동시에 되물었다.

"왜?"

"너희에게 이 일이 중요하듯이 내게도 중요해. 포기하고 싶지 않아."

숲은 그렇게만 말하고 입을 다물었다. 더 이상 설명은 필요 없었다. 그게 다였으니까.

셋 사이에 침묵이 흘렀다.

둘은 숲에게서 무언가 말이 더 나오기를 기다리는 듯했다. 하지만 숲은 가만히 쳐다보기만 했다. 먼저 입을 연 사람은 진하였다.

"씨발, 뭐라고? 기껏 아량을 베풀어 줬더니, 뭐? 이게 기어오르네?"

진하가 숲에게 성큼 다가서며 윽박질렀다. 숲은 마른침을 삼켰다. 진하는 키가 크고 다부졌다. 싸움 잘하기로 유명해서 옆 학교에도 소문이 났을 정도였다. 진하 앞에서는 위축되지 않을 수 없었다.

다온이 진하 옆에 다가서서 차분하게 말했다.

"정숲. 너 그 말 진심이야?"

숲은 말없이 고개를 끄덕였다.

"후회하지 않을 자신 있어?"

숲은 이번에는 목소리를 냈다.

"응."

그 말과 동시에 따귀가 날아왔다.

고개가 옆으로 돌아가고 몸이 휘청거렸다. 한 박자 늦게 통증
이 치솟았다. 숲은 숨을 들이켜며 땅을 딛고 몸을 가눴다. 고개
를 들자 손을 치켜든 진하의 얼굴이 보였다. 옆에서 다온은 아무
일도 없었다는 듯 무표정하게 물었다.

"정말로?"

숲은 반사적으로 주위를 둘러보았다.

이곳은 도산공원이었다. 1973년 한국의 독립운동가 안창호를
기리기 위해 조성된 공원으로 한때는 묘소와 기념관이 있었다고
하는데 이제는 이전했고 동상만 자리를 지키고 있었다. 과거 잘
다듬어진 수풀이 무성했을 산책로 옆 화단은 황폐해졌고 햇빛을
잘 못 받아 쪼그라든 다육식물과 선인장 들만 군데군데 자랐다.
한편에서는 상인들이 노점을 펴놓고 선인장 술과 싸구려 담배와
대체식을 팔고 있었다.

사람이 없지 않았다. 상인들도 있고, 지나다니는 사람들도 있
었다. 하지만 그들은 이쪽을 못 본 척 외면했다.

숲은 얼얼한 얼굴을 돌려 다온을 보았다. 쥐어 짜낸 목소리가
떨렸다.

"비켜줘. 이제 가야 해. 우리 이러다 촬영에 늦겠어."

다온이 태블릿으로 시간을 확인하더니 말했다.

"아직 시간이 좀 있는데. 일찍 도착하는 게 좋긴 하겠지. 그럼 나는 먼저 가볼게."

진하가 씩 웃었다.

"그래, 너는 늦을 수도 있겠다. 다온이는 아니고."

말끝에서 진하가 주먹을 휘둘렀다.

11

차가 고속도로를 벗어나 서울 시내에 접어들면서 주변 풍광이 바뀌었다. 높은 잿빛 건물들, 부서진 간판들, 똑같이 생긴 아파트들, 아파트를 부수고 지은 공장들, 버스 정류장, 시장, 술집, 병원, 공용 주차장, 폐 전철역, 폐 쇼핑몰, 폐 식당가, 마스크와 고글을 쓰거나 쓰지 않은 채로 거리를 걸어 다니는 사람들, 한편에 서서 담배를 피우며 떠드는 사람들, 오토바이를 타고 다니는 사람들… 현기증이 났다.

4년 전까지만 해도 이채 또한 저 풍경의 일부였다. 이채가 아닌 이채선이라는 이름으로, 서울을 구성하는 한 조각으로 다른 조각들과 몸을 부딪치며 살아갔다. 그런데 지금 보니 어떻게 그럴 수 있었나 싶었다. 이곳은 너무 시끄럽고, 지저분하고, 무질서하고, 밀집되어 있었다. 사람들이 터무니없이 많은 것을 공용으로 사용했고 서로에게 별의별 것을 다 노출했다. 도대체가 프라이버시라는 것이 없어 보였다. 그러면서도 다들 여유 없고 고독한 얼굴을 하고 있었다. 이채가 가상현실에서 만나는 사람들에게서는 절대로 볼 수 없는 표정들이었다. 비대면으로 생활하는 사람들은 가상현실에서 타인을 만날 때마다 서로 완벽하게 연결되어 모든 감정을 이해할 수 있는 듯이 굴었고, 가상현실을 끄고 나서 아무도 보지 않는 곳에서 혼자 울었다. 그런데 서울 사람들은… 가령 지금 창밖을 지나가는 여자가 갑자기 가로등에 몸을 기대고 눈물을 터뜨릴 수도 있을 것 같았고, 그러더라도 주위 사람 아무도 신경 쓰지 않을 것 같았다.

"대단한걸."

옆에서 미경이 기가 질린 표정으로 말했다.

"언니는 서울이 처음이던가?"

미경이 고개를 끄덕였다.

"난 신의주 출신이야. 거기도 도시이긴 하지만 이 정도는 아니었어. 건물과 건물 사이에 간격은 있었지. 차 없이 거리를 걸어다니는 사람도 없었고."

"그렇구나."

이채는 불쑥 내뱉었다.

"집에 가고 싶어."

미경이 이채를 돌아보았다.

"벌써? 넌 서울이 그렇게 싫니? 그래도 고향인데, 반가운 마음이 안 들어?"

이채는 얼굴을 찡그렸다.

"별로 좋은 기억이 없어."

글쎄, 기억 자체가 잘 나지 않는다고 해야 할 것 같았다. 서울에서 살아온 기억은 흐릿했고 뒤죽박죽이었다. 술 때문에 필름이 끊긴 날들도 많았고, 이채 자신이 머릿속에서 지워버린 듯 공백으로 남은 시기도 있었다. 그래서 지금 서울의 풍경이 더 낯설게 다가오는지도 몰랐다.

하지만 이 안 어딘가에 엄마가 있을지도 모른다. 옛 친구들도. 남자친구들도.

그런데 그 애들을 친구라고 불러야 하나? 친구라는 말은 웃겼다. 어른들은 그저 같은 반에 소속된 아이들이라는 이유만으로 친구 사이라고 규정했다. '같은 반 친구'라니. 그 안에서 적과 원수와 일시적 동맹과 배신자와 중재자와 아웃사이더가 촘촘하게 나뉘는데.

어쨌든 연강고등학교에 간다고 해서 그들을 다시 만날 일은 없었다. 그 애들은 다 졸업해서 흩어졌고, 엄마는 이채가 보내준 돈을 가지고 새 남편 집으로 이사를 갔다. 더 이상 연락조차 닿지 않았다. 아니, 이채가 연락을 끊었다. 그러니까 안심해도 된다.

차 앞유리 너머로 점점 더 익숙한 동네가 펼쳐지는 것을 보며 이채는 마음을 다잡았다.

뿌연 먼지 속, 변한 것 없는 길과 주택가를 지나 마침내 학교가 나왔다. 운동장을 감싸 안듯이 둘러싼 세 동의 건물과 교문과 담장 모두 그대로였다. 운동장에 두 줄로 줄지어 늘어선 학생들 수십 명과 그 앞에 서 있는 교감 선생님, 주위를 돌아다니며 장비를 점검하는 스태프들, 교사 역을 맡은 배우 두 명이 보였다. 아이들은 하나같이 마스크를 쓴 채 목을 길게 빼고 정문 쪽을 주시하고 있었다. 이채가 학교 다니던 때는 보기 어려웠던 질서 정연한 모습이었다. 이채의 후배들이 동기들보다 더 어른들에게 순종적이어서 그럴 리는 없다. 이건 이채 때문이다.

차가 교문 앞으로 접근하는 동안 이채는 옷매무새와 표정을 가다듬고 투명 마스크를 썼다. 현실에서 사람들에게 자신을 보여줘야 하는 순간. 살아 있는 전설 같은 선배를 본다는 기대감에 잔뜩 부풀어 있는 후배들을 대면하는 자리. 여러모로 전례 없는 상황이었다. 이제껏 이채가 참여한 현장 촬영은 기껏해야 대여섯 명의 스태프와 같이 진행하는 게 보통이었다. 이렇게 많은 사람을, 더구나 스태프도 연예인도 아닌 사실상 한 무리의 팬이나 다름없는 사람들을 직접 마주치는 것은 처음이었다. 그들을 실망시킬 순 없다. 이것이 바로 진짜 이채라는 것을 보여줘야 한다. 저 중의 태반은 가상현실로도 이채를 본 적 없는 아이들일 것이다. "나는 가상현실이 아닌 진짜 이채를 봤어. 기막히게 예쁘더라. 환상적이었어"라고 주변 사람들에게 말하고 다닐 수 있는 경험을 선사해야 한다. 두고두고 회고할 수 있게 해줘야 한다. "겨우 이런 거였어? 가상현실로 보면 더 예뻐 보이나 보지? 실물은 별거 아니던데" 같은 말이 나와서는 절대 안 된다.

이채는 창밖을 내다보며 최대한 매력적인 미소를 입술에 그렸다. "2킬로그램을 마저 빼고 왔어야지. 넌 준비가 안 돼 있어"라고 말하는 마음속의 목소리를 억눌렀다. 난 예쁘다. 사람들은 나를 좋아한다. 그렇게 되뇌었다.

"싫어도 잘 대해줘. 그래도 네 후배들이잖아."

이채와 마찬가지로 마스크를 쓴 미경이 말했다. 이채는 눈썹을 까딱하며 "응"이라고 말하고 속으로는 딴생각을 했다.

'나한테 다른 선택지가 있기라도 하듯이 말하네.'

차 문이 열렸다. 약 20미터 너머에 서 있는 아이들이 술렁거리는 소리가 들려왔다. 이채는 매끄러운 몸놀림으로 차 밖으로 발을 뻗은 다음 몸을 일으켰다. 등을 꼿꼿이 세우고 아이들을 향해 걸어갔다. 이채가 한 걸음씩 가까워질수록 아이들의 줄은 흐트러지고 소란은 커졌다.

"와, 씨발."

"저게 사람이야?"

"야, 어떡해? 나 심장 터질 것 같아."

"존나 예쁘다."

여기저기서 감탄이 터져 나왔고 그 한 마디 한 마디가 고스란히 이채의 귀에 들어왔다. 만족스러웠다. 짜릿했다. 교감 선생님이 두 팔을 휘두르며 아이들을 제지했다.

"다들 조용히! 줄 똑바로 서!"

아이들에게 선생님의 말은 들리지도 않는 눈치였다. 저마다 자기 앞에 선 아이 옆으로 빠져나와 이채를 더 잘 보려고 난리였다. 주변에 서 있던 스태프들이 다가와 "가만히!", "줄에서 이탈하지 마!"라고 외치며 아이들을 몸으로 거칠게 떠밀었다. 몇 번을 그렇게 하고 나서야 줄은 원래 질서를 되찾았다. 그때쯤 이채는 줄 맨 앞에 다다라 있었다.

"얘들아, 질서 안 지키면 출연 취소야. 알겠어?"

선생님이 반말로 윽박질렀다. 그 말에 주위가 삽시간에 고요해졌다.

이채는 여전히 웃고 있었지만 내심 동요했다.

그래, 이런 거였지. 앞에 누가 서 있으면 시야가 가려져서 그 너머가 보이지 않는 것. 사람이 있지 말아야 할 곳에 있으면 다른 사람이 물리적으로 끌어내야 한다는 것. 가상현실에서는 이런 일이 없었다. 시야는 가상의 공간 안 어디로든 의지대로 조종할 수 있고, 누군가가 분란을 일으키면 접속을 차단하면 된다. 이렇게 번잡스러운 과정이 필요 없었다.

그래, 이런 세계였지.

"이제 됐어요. 이채 씨, 이번 촬영에 함께할 학생들이에요. 인사하시겠어요?"

교감 선생님이 안색을 싹 바꿔 살가운 웃음을 지으며 말했다. 자신이 배출한 걸출한 졸업생을 자랑스러워하는 표정 반, 연예인에 대한 호기심 어린 표정 반. 이채는 순간 그를 어떻게 대해야 할지 헷갈렸다. 재학생 시절 교감 선생님 앞에 불려 간 적이 두어 번 있었다. 그때 선생님은 이채를 골치 아픈 계집애 정도로 대했고, 이채는 불손하게 굴었다.

하지만 이제는 예의를 지켜야겠지. 그리고 선생님이 '이채 씨'라고 성인처럼 대하더라도 이채는 학생이 선생님 대하듯 행동해야 할 것이다.

"네, 선생님. 감사합니다."

이채는 공손하게 말하고 아이들에게로 시선을 돌렸다. 아이들은 얼빠진 얼굴로 이채에게 시선을 고정하고 있었다.

"안녕하세요, 후배님들. 만나서 반가워요."

이채는 노래할 때와 비슷한 톤의 목소리로 말했다. 아이들이 박수를 쳤다. 박수 소리가 잦아들기를 기다리며 이채는 말을 이었다.

"학교는 오랜만에 왔는데 변한 게 없어서 신기하네요. 여러분도 늘 보던 얼굴 같아요. 친숙해서 좋고, 진작 와볼걸 싶기도 하고."

거짓말.

"제 뮤직비디오에 참여해 줘서 고마워요. 주말에 학교 오기 귀찮았을 텐데 다들 와줬네요. 나 같으면 내뺐을 텐데, 정말 성실하다. 멋져요."

이건 누구나 능청이라는 걸 알 수 있는 농담.

아이들이 웃으며 환호했다.

"별로 어려울 것 없으니까 재밌게 찍어봐요. 그냥 평소처럼 학교 다닌다 생각하고 하면 될 거예요. 물론 내가 있으니까 평소 같은 느낌은 안 들겠지만."

이건 진심이었다.

이채가 말끝에서 윙크를 했다. 아이들이 또다시, 먼젓번보다 더 크게 환호했다.

"여러분을 믿어요. 우리 같이 멋진 영상 만들어 봐요. 알았죠?"

열심히 안 하거나 방해되게 굴면 가만 안 두겠다고 말하고 싶었지만 이채는 상냥하게 돌려 말했다. 후배들이 일제히 "네!"라고 외쳤다.

이채가 고개를 끄덕이고 물러섰다.

아이들의 줄을 관리하던 스태프 중 한 명이 걸어 나와 말했다.

"이제부터 한 명씩 나와서 이채와 악수를 할 거예요. 악수하고 몇 마디 인사 나누는 것 외에 다른 행동은 하면 안 됩니다. 여기 매니저분이 끝났다고 하면 바로 다음 사람에게 자리 비켜줘야 해요. 여기 준비된 손 소독제, 반드시 발라야 하고요."

또다시 열성적인 대답이 터져 나왔다.

다들 이채를 가까이에서 보고 싶은 마음에 앞다투어 몰려들게 뻔하고 그러면 사고가 생길 위험이 있으니, 처음부터 통제하에 악수회를 열자는 것이 회사의 계획이었다. 이채는 그 계획이 합리적이라 생각했고 동의했지만 마음은 내키지 않았다. 가상현실에서 종종 하는 악수회와는 달랐다. 이건 진짜 손과 손이 맞닿는 악수였고, 입에서 튀어나오는 침방울을 마스크로 간신히 가로막는 대화였다. 찝찝했지만 지금부터 적응해야 했다. 본격적인 촬영에 들어가면 마스크조차 쓰지 않고 서로 몸을 부대끼며 연기해야 할 테니까.

아이들이 재빨리 정렬을 바꿔 이채 앞에 한 줄로 섰다. 맨 앞에 선 남자아이는 눈에 띄게 떨고 있었다. 이채는 생긋 미소 지으며 그 애에게 손짓했다. 그러자 후배는 화들짝 놀라더니 기회를 놓칠세라 부랴부랴 이채에게 다가왔다. 그러는 동안 미경이 이채의 옆에 바짝 붙어 서서 만일의 사태에 대비했다.

이채는 남자아이의 거칠고 가무잡잡한 손을 잡고 흔들었다. 손은 차가웠고 힘이라곤 들어가 있지 않았다. 교복 가슴에 달린 명찰에는 강정훈이라고 수놓여 있었다.

"안녕, 정훈아."

정훈은 얼어붙은 채 더듬거렸다.

"아, 안, 안녕하세요, 이채 님."

이채는 깔깔 웃었다.

"야, 이채 님이 뭐니? 누나라고 해."

"이채 누나…"

정훈의 얼굴이 빨갛게 달아올랐다.

"만나서 반가워. 앞으로 잘 부탁할게."

정훈은 아무 말도 못 하고 쭈뼛거렸다. 이채는 자연스럽게 질문을 던졌다.

"그래서 넌 몇 학년이야? 무슨 역할이야?"

이런 상대에겐 적극적으로 질문을 던지며 긴장을 풀어주고 말을 끌어내야 했다. 아무 말도 못 하고 귀중한 시간을 날려 보냈다고 후회하는 일이 없도록 배려하는 것이다. 하지만 솔직히 피곤한 일이었다. 알지도 못하는 사람들을 상대로 친밀감을 조성하고 대화를 이끌어 내다 보면 도대체 자신의 직업이 뭔지 회의감이 들었다. 이채가 버는 돈에서 노래나 춤이나 공연의 비중은 아주 적었다. 가상현실에서 벌어지는 악수회, 팬미팅, 데이트 게임, 그 외 각종 체험 게임, 광고 따위에서 나오는 수익이 아니었다면 아이돌은 다 폐업했을 것이다.

게다가 지금은 가상현실도 아니었다. 호감 가는 모습으로 꾸민 채 이채의 앞에 나오는 가상의 아바타들이 아니라, 진짜 사람을 상대하는 것이다. 진짜 사람은 대부분 호감을 불러일으키지 않는다. 경계심과 어색함과 불쾌감과 불안함을 주게 마련이다. 이채는 사실 눈앞에 있는 지저분한 원숭이 같은 남자애의 생각이 궁금하지 않았다. 그럼에도 궁금해 죽겠다는 듯 눈을 크게 뜨고 고개를 열심히 끄덕이며 그 애의 말을 들어주어야 했다.

"이제 그만. 다음 학생."

미경의 말이 떨어졌다. 정훈은 마지못해 다음 아이에게 차례를 넘겨주었다. 정훈이 고개를 푹 수그리고 이채의 옆으로 돌아나가는 순간 떡진 머리에서 기름 냄새가 물씬 풍겼다.

다음 아이도 비슷했다. 여자아이였는데, 벙긋 웃는 입 안에서 드러난 치아가 누랬고 강렬한 입 냄새가 났다. 그 앞에서 코를 찡그리지 않고 친절한 투로 인사하기가 여간 어렵지 않았다.

그렇게 한 명 한 명 악수를 나누다 보니 새삼 실감이 났다. 그 동안 가상현실에서는 정말 매끈하고 아름답고 청결하게 꾸민 사람들하고만 만났구나. 하나같이 그런 외양을 하고 있으니 익숙해져 있었는데, 지금 날것 그대로의 서울 아이들을 대면하고 있으니 가상현실 속 만남이 얼마나 축복받은 일인지가 절절히 와 닿았다. 비싼 수도 요금을 감당할 수 없어서 자주 씻지도 못하는 아이. 자신의 못생긴 얼굴을 감출 방법이 없는 아이. 싸구려 틴트를 입술에 떡칠하고 나온 아이. 온몸에서 땀을 흘리는 아이. 손등에 털이 난 아이. 천식으로 숨을 씨근거리는 아이. 등이 굽은 아이. 무슨 병이 있는지 얼굴이 누렇게 뜬 아이. 뚱뚱한 아이. 뚱뚱한 아이. 또, 뚱뚱한 아이… 빨리 안 비킨다고 앞의 아이 등을 쿡쿡 찌르는 아이들. 이채에게 들릴 만큼 큰 소리로 이채의 다리가 어떻고 가슴이 어떻고 말하는 남자아이들. 자기 차례가 끝났는데도 주변을 기웃거리는 여자아이들이 질질 끌고 다니는 낡은 운동화.

이채는 점점 더 표정을 관리하기가 어려워졌다.

그저 생리적으로 역해서만은 아니었다. 지나치게 생생한 물리적 접촉이 버거워서, 지금 맞잡은 남자아이의 손이 갑자기 뻗어나와 자신의 가슴을 만지지는 않을까 두려워서만도 아니었다. 호화로운 생활에 젖어 있다가 오랜만에 목격한 가난뱅이들의 스펙터클에 충격을 받아서만도 아니었다. 그런 이유들도 있지만, 그런 이유만은 아니었다.

마지막 순서의 여자아이를 대면했을 때 이채는 그 이유를 깨달았다.

"안녕하세요, 이채 언니."

여자아이는 성큼 걸어와 웃으면서 손을 내밀었다. 당당하고 여유로운 태도가 눈길을 끌었다. 이채는 무심코 손을 잡았다가 그 애의 얼굴과 명찰을 훑어보았다. 달걀 같은 얼굴, 오똑한 콧날. 눈이나 입술의 생김새가 특별히 눈에 띈다고 할 정도는 아니지만 이목구비의 비례가 잘 맞아서 예뻤다. 화장을 제대로 하면 더 예쁠 것이다. 명찰에 적힌 이름은 허다온이이었다.

"다온아, 안녕. 반가워."

다온은 이채의 시선을 피하지 않고 정면으로 받았다.

"언니를 만나서 영광이에요. 언니는 제 롤모델이에요."

"그랬어?"

이채는 까르르 웃었다.

"기분 좋네, 후배의 롤모델이 될 수 있다는 거. 나야말로 영광이야."

다온이 눈을 빛내며 또박또박 말했다.

"저는 배우가 되려고 하거든요. 연극반 활동도 하고 있고요. 졸업하면 에이전시에 정식으로 지원하려고 해요. 이런 기회가 생겨서 정말, 무척 기뻐요. 저한테는 포트폴리오가 되는 거잖아요."

이채는 약간 당황해서 자기도 모르게 시선을 떨어트렸다. 자신의 손 위에 겹쳐진 다온의 엄지손가락이 보였다. 손톱이 짧고 깨끗했고 피부는 부드러웠다.

좀 사는 집 애구나.

다온은 이채의 생각을 읽기라도 한 듯 말을 이었다.

"근데 언니, 가상현실이랑 똑같네요. 진짜 예뻐요."

가상현실 입출력기도 갖고 있다는 뜻이었다.

이채는 고개를 들고 다온에게 말했다.

"너도 예뻐. 손도 예쁘고."

"근데 언니는…"

다온이 이채의 손을 잡은 채 뒤집어 보더니 미간을 모으며 말했다.

"굳은살 있네요."

순간 얼굴이 확 달아올랐다.

이채는 반사적으로 손을 거뒀다. 온갖 생각이 한꺼번에 머릿속에 떠올랐다. 무슨 뜻이지? 알고 말한 건가? 토하는 버릇 때문에 생긴 굳은살이라는 걸 눈치챘나? 나를 놀리는 건가? 아니, 아무 생각 없이 한 말인가? 변명하면 믿어주려나?

"이건…"

이채가 그렇게 입을 연 순간이었다.

교문에서 누군가의 외침이 들려왔다.

"늦어서 죄송합니다!"

12

숲은 일단 외친 다음 교문 기둥을 짚고 서서 가쁜 숨을 몰아쉬었다. 모두의 시선이 숲에게 쏠렸다. 운동장에 정적이 흘렀다.

자기 꼴이 어떤지는 잘 알았다. 머리는 헝클어지고 땀에 젖었고, 교복은 앞섶 단추가 없어지고 여기저기 구겨지고 흙이 묻었고, 무릎은 까져서 피가 나고, 신발 없이 양말 바람이었다. 급속도로 부어오르고 있는 뺨은 마스크로 가렸지만 마스크 자체에 코피가 묻어 뻘겋게 물든 건 어쩔 수 없었다. 나름대로 매무새를 가다듬는다고 가다듬었지만 더 이상 어쩔 도리가 없었다.

숲은 몸 곳곳에서 아우성치듯 올라오는 통증과 입 안에 스미는 피를 억지로 삼키며 걸음을 옮겼다. 당혹한 표정이 역력한 선생님들, 미심쩍은 눈길로 숲을 훑어보는 스태프들, 서로 속닥거리는 아이들… 그리고 그중에서 단연 눈에 띄는 이채. 이채가 눈을 동그랗게 뜨고 숲을 바라보고 있었다. 그리고 그 앞에는 다온이 있었다.

숲은 천연덕스럽게 놀란 표정을 짓는 다온을 못 본 척하고 교
감 선생님 앞에 서서 말했다.

"2학년 3반 정숲입니다. 촬영하러 왔어요. 제가 너무 늦었나
요?"

선생님이 태블릿을 두들겨 보더니 헛기침을 하고 말했다.

"아니야. 지금 인사 나누던 중이었어. 전화해도 안 받길래 무
슨 일인가 했단다. 그런데…"

숲은 대뜸 선생님의 말을 가로막았다.

"오다가 심하게 넘어졌어요. 계단에서 굴렀거든요. 제가 부주
의해서 그랬어요. 신발은… 잃어버렸어요."

교감 선생님이 눈을 가늘게 떴다. 전혀 믿지 않는 표정이었다.
숲은 입을 앙다물고 간절한 눈빛으로 선생님을 마주 보았다.

사실대로 말해봤자 문제가 해결되리라는 믿음 따윈 없었다.
다온과 진하는 증거가 없다고, 억울하다고, 음해라고 우길 것이
다. 특히 다온은 선생님들의 애정과 신뢰를 이용해 교묘하게 빠
져나갈 것이다. 설령 징계를 받는다 해도 기껏해야 반을 바꾸거
나 정학 처분을 받을 텐데, 그러면 그 애들이 숲에게 어떤 보복
을 가할지는 상상하고 싶지도 않았다. 게다가 다온의 부모는?
다온은 자기 아버지가 가공식품 공장에서 높은 직위이며 교장과

같은 교회에 다녀서 친분이 있다고 자랑하고 다녔다. 조만간 아버지 직무가 비대면으로 전환될 것이고 그러면 자신은 서울에서 살 필요가 없게 될 거라고도 했다. 그런 사람의 딸과 상대해서 이길 수가 있을까? 그 집 부모가 숲의 엄마에게 무슨 모욕을 가할까?

하지만 더 중요한 것은 따로 있었다.

다온과 진하가 자신을 몰아세웠다고, 특히 진하가 심하게 구타했고 신발을 벗겨서 남의 집 담장 너머로 던져버렸다고, 그래서 여기까지 오는 데 시간이 지체됐다고 말했다가는 오늘 촬영을 망칠 것 같았다. 분위기가 무거워질 것이다. 선생님들은 다온과 숲을 분리하고 대책을 세운답시고 둘을 촬영에서 뺄지도 모른다. 그리고 이채는? 이채는 무슨 잘못인가? 숲은 이채가 자기 때문에 후배들 사이에 불미스러운 일이 생겼다고 생각하지 않길 바랐다. 차라리 숲이 좀 칠칠치 못한 아이로 여겨지는 편이 나았다.

교감 선생님은 숲의 말을 믿지는 않았지만 태도에서 드러나는 간절함은 읽은 듯했다. 선생님이 마스크를 고쳐 쓰며 애매하게 말했다.

"그랬구나. 하지만 괜찮겠니? 상처가 꽤 커 보이는데."

그때 지켜보고 있던 스태프 중 한 명이 나섰다. 카메라 앞에서 있었던 것으로 봐서 촬영 감독인 모양이었다. 그는 성큼성큼 숲에게 걸어와 마스크를 확 내리더니 눈살을 찌푸렸다. 그러고는 더러운 것을 물리치듯 손을 휘이휘이 내저었다.

"안 돼요, 안 돼. 마스크 벗고 해야 하는데 이런 꼴로 어떻게 찍어요? 아무리 엑스트라라도 이건 아니지. 교복도 너무 엉망이고. 다른 애 불러요."

숲은 심장이 쿵 떨어졌다. 먼지 섞인 공기에 노출된 코끝이 맵싸했다.

"하지만…"

"하지만, 그런 거 없어. 이건 학예회가 아니야. 단정하고 깔끔하게 하고 오라고 공지했을 텐데? 이게 장난인 줄 알아?"

감독의 짜증스러운 목소리를 들으며 숲은 볼 안쪽을 깨물었다. 입 안에서 피 맛이 감돌았다.

주변 아이들이 술렁거렸다. 키득거리는 웃음도 들렸다. 숲은 굳이 눈을 돌려 다온의 얼굴을 확인하지 않았다. 보나 마나 불쌍하다는 표정을 짓고 있겠지. 역겨울 만큼 진솔하게.

교감 선생님이 감독 앞으로 나서며 부드럽게 달래듯 말했다.

"그래, 숲아. 일단은 집에서 쉬는 편이 낫겠어. 오늘은 양호 선생님도 안 계시고… 오늘만 다른 아이를 구해보자. 선생님이 저녁에 연락할 테니까…"

발밑이 꺼지는 것 같았다. 갖고 있었는 줄도 미처 몰랐던 기대감이 박살 나고 있었다. 아까 "너희에게 이 일이 중요하듯이 내게도 중요해. 포기하고 싶지 않아"라고 했던 자신의 말이 거꾸로 돌아와 박혔다. 처음부터 그냥 포기할걸. 엄마 말 따위 듣지 않고, 돈에 연연하지도 않고, 이채의 뮤직비디오 출연 같은 거창한 일을 자신이 할 수 있을 리 없다 생각하고 체념할걸. 그랬다면 이렇게 가슴 아플 일은 없었을 텐데.

눈물이 나오려 했지만 그것만은 절대로 용납할 수 없어서, 숲은 입술을 아프도록 짓씹으며 울음을 삼켰다.

"…잠깐만요."

누군가 새로운 사람의 목소리가 들렸다.

숲은 퍼뜩 고개를 들었다. 모를 수 없는 목소리였다. 이제껏 수백, 수천 번은 들었던 목소리.

이채가 숲에게 걸어오고 있었다.

점점 가까워졌다. 이렇게 가까워도 되나? 너무 가까웠다. 코앞에 이채가 있었다. 이채는 걱정스러운 빛을 띤 눈동자를 숲의 눈과 맞추며, 팔을 뻗어 숲의 뺨에 손등을 댔다. 화끈거리는 살갗에 닿은 손이 유난히 서늘했다. 난생처음 맡아보는 좋은 냄새가 났다. 꽃? 풀? 아니면 음식? 열대 과일? 알 길이 없었다.

"많이 부었는걸. 아프겠다."

"괘… 괜찮아요."

아닌 게 아니라, 통증은 무뎌지고 얼굴의 열기만 느껴졌다. 머리가 터질 것 같았다.

"그런데 이 정도는 편집팀에서 보정할 수 있을 것 같아. 그렇지 않아요, 배 감독님?"

이채의 말에는 나이답지 않은 무게가 실려 있었다. 감독은 혀를 찼다.

"그야 할 수는 있지만, 뭐 하러 쓸데없는 일거리를 늘려요, 이채 씨. 게다가 저 애는 머리끝부터 발끝까지 엉망인데, 저걸 다 보정하라고?"

감독이 숲을 위아래로 손가락질했다.

"음, 의상과 신발은 제 여분을 빌려줄 수 있겠는데요. 키가 저랑 비슷하잖아요. 살집은 더 있긴 하지만… 못 입을 정도는 아닌 것 같아요. 머리카락은 정리하면 되고요."

숲은 깜짝 놀라서 이채를 쳐다보았다. 하지만 이채는 숲이 아닌, 뒤에 서 있던 다른 여자 스태프를 보고 있었다.

"그렇지, 미경 언니?"

미경이라 불린 여자가 한숨을 쉬었다.

"그래 보인다."

"쟤는 좀 아프고 힘들어도 자기가 맡은 일이니까 책임지고 하겠다잖아요. 나 같아도 그렇게 하겠어요. 아니, 늘 그렇게 해왔어요. 그러니까 할 수 있게 해주자고요."

이번에는 약간의 가시가 박혀 있는 말이었다.

하지만 숲은 그 가시에 대해 깊이 생각할 정신이 없었다. 생각이라는 게 머릿속에서 잘 굴러가지 않았다. 방금 전까지 시궁창에 처박힌 것 같았는데 갑자기 하늘로 붕 떠오른 기분이었다.

숲은 자신이 제대로 들은 게 맞나 싶어 주위를 둘러보았다. 교감 선생님은 이러지도 저러지도 못하고 감독과 이채를 번갈아 보고 있었다. 감독은 곤란한 듯 머리를 긁적거렸다. 아이들 중 몇몇은 숲을 향해 눈을 굴리며 비웃음을 짓고 있었다. 몇몇은 부러워하는 표정이었다. 또 몇몇은 이채를 곁눈질하며 자기들끼리 수군거리고 있었다. 하긴, 출연하기로 약속한 건데. 저 말이 맞지 않냐? 그렇긴 하지… 숲은 아이들이 자신에게 긍정적인 의견을 말하는 것을 처음 들었다. 속으로야 무슨 생각을 하든 입 밖으로 저런 말을 꺼내는 일은 좀처럼 없었다.

숲은 마지막으로 다온을 돌아보았다. 다온은 싸늘하게 얼어붙은 눈빛으로 숲을 노려보고 있었다.

그제야 숲은 자신이 이겼다는 것을 깨달았다.

"좋아요. 이채 씨가 그렇게까지 말한다면, 그렇게 하죠."

감독이 불만스러운 듯 말했다. 그 즉시 미경이 숲에게 손짓했다.

"거기, 학생. 이쪽으로. 차에 옷이 있어."

숲은 감독의 생각이 바뀌기 전에 부리나케 미경에게로 뛰어갔다. 미경은 몸을 돌려 주차장 쪽으로 향했고 숲은 그 뒤를 따랐다. 어깨 너머를 보니 이채는 다른 스태프들과 뭐라고 말을 주고받고 있었고 교감 선생님은 아이들을 다시 줄 세워 운동장 스탠드로 이끌고 있었다. 그 와중에도 다온은 숲을 내내 쏘아보고 있었다.

다온이 소리 없이 입 모양으로 "씨발년"이라고 말했다.

숲은 등을 곧게 펴고 고개를 돌렸다.

내 안의 빛은 아무도 꺼뜨리지 못할 거야

이채의 노래가 떠올랐다. 지금 귓가에 들리는 것처럼 생생히. 자기도 모르게 미소가 나왔다.

13

기억하는 한, 이채는 학교에 지각해 본 적이 없었다. 늘 남들보다 먼저 등교했다. 집에서 빨리 빠져나오기 위해서였다.

건강보험 회사에 다니는 엄마는 아침 7시에 출근했다. 엄마가 하는 일은 저소득층을 상대로 하는 보험 판매업이었다. 원시적인 방법으로 직접 발품을 팔아야 하는, 굉장히 힘든 일인 모양이었다. 이채는 엄마의 짜증을 자주 들었다.

"이 멍청한 인간들은 아칸타로 뒈져도 정신을 못 차릴 거야. 나라에서 보험료를 왕창 지원해 준다는데도 못 알아 처먹어. 부자들보다 더 보험이 필요한 게 서울 사람들인데. 내가 보험의 보자만 꺼내도 자기들 등쳐 먹으려는 귀신 보듯이 보니 원. 그래, 다 멍청하고 제 앞길 생각 안 하니까 골골대며 가난하게 사는 거야. 그러다가 병나면 뭔 돌팔이한테 찾아가 이상한 약 먹고 뒈져버리거나, 몸 팔던 년들은 제 버릇 개 못 주고 또 몸 팔러 가거나, 그런 식이지."

그러다가 엄마는 꼭 한마디를 덧붙였다.

"너도 할 줄 아는 거라곤 남들 앞에서 엉덩이나 흔들며 웃어대는 것밖에 없고 공부는 통 못하니 자칫하다간 몸 팔게 되겠다."

엄마는 아주 재미난 농담이라도 했다는 듯 깔깔 웃었다.

갓 스무 살에 동갑내기 남편과의 사이에서 이채를 낳은 엄마는 그것이 자기 인생 최대의 실수였다고 생각했다. 남편의 바람기는 이미 알고 있었지만, 그래도 사랑해서 결혼했지만, 만약 이채를 낳지 않았더라면 적어도 남편을 다른 여자에게 영영 빼앗기지는 않았으리라고 믿었다. 이채의 아빠는 엄마와 전혀 다르게 못생겼지만 부유한, 전남의 농경지대에서 농사 로봇을 관리하는 일을 하는 여자에게로 떠났다. 돈 때문에 변심한 것이 분명한데도 엄마는 그렇게 인정하기에 자존심이 상했는지 이채 탓을 했고 이채는 오랫동안 그게 정말로 자기 탓이었다고 믿었다.

이채는 아주 어렸을 때만 해도 자신이 못생긴 줄 알았다. 정말로 그랬던 것 같기도 했다. 코가 낮고, 미간이 너무 넓고, 귀가 뾰족 튀어나와 우스꽝스러워 보였다. 반면 엄마는 자타공인 미녀였다. 일할 때도 미모를 이용해 남자들에게 보험을 파는 면이 없지 않아 있는 것 같았다. 엄마는 이채가 자신을 안 닮아 못생겼다며 놀리고 무시했다. 그러다 이채가 예닐곱 살이 되어 점점 예뻐지고 남들에게도 그런 말을 듣기 시작하자 엄마는 왠지 기분이 상한 듯하더니, "너 그러다 창녀 된다"라는 말을 협박하듯 되풀이했다. 자신이 예뻐지면 엄마가 좋아할 줄 알았던 이채는 창녀가 될까 봐 두려워 한동안 춤을 추지 않았고, 그러다 창녀가 되든 안 되든 엄마는 자신을 거추장스러워할 거라는 사실을 깨닫고 난 다음부터 다시 춤을 췄다.

이채의 춤을 고깝게 보는 사람들은 엄마 말고도 더 있었다. 초등학교 때까지만 해도 이채에게 순수히 열광했던 여자애들은 중학교에 들어가고 사춘기를 겪으면서부터 태도가 이중적으로 변했다. 이채가 예쁘고 춤을 잘 춘다는 것은 인정했고 겉으로 친절하게 대했지만, 뒤에서는 이채의 잘난 척이 재수 없다고들 생각했으며 멍청하다는 험담을 주고받았다. 이채의 편이 되어주는 아이들도 있었지만 이채를 싫어하는 아이들도 있었다. 하지만 이채는 할 줄 아는 게 춤추고 노래하는 것밖에 없었다. 또 그렇게 하면 적어도 남자애들은 열이면 열 다 이채를 좋아해 주었다. 이채는 이러다 정말로 창녀가 되어버릴지도 모른다는, 엄마의 예언이 적중할지도 모른다는 걱정이 들었지만, 남자애들이 보내는 경탄의 눈빛은 중독적이었고 또 한결같았다. 한결같은 것은 이채에게 소중했다.

반면 엄마는 이랬다저랬다 변덕스러웠다. 아침에 신경이 예민

해진 엄마는 이채가 물을 너무 많이 쓴다고 욕하며 문을 걷어찼
다. 저녁에 술을 마신 엄마는 이채를 끌어다 앉혀놓고 하소연을
하며 울거나, '그래도 나한텐 너밖에 없다'고 했다. 술을 안 마셨
지만 기분이 좋을 때는 이채를 놀리거나 뺨이나 팔뚝을 꼬집으
며 웃어댔다. 이채는 엄마를 최대한 피하는 것이 상책이라고 결
론 내렸다.

그래서 매일 아침, 엄마가 일어나기 전에 일찌감치 집을 빠져
나와 학교에 갔다. 아무도 없는 새벽의 학교는 조금 무서웠지만
그래도 조금만 기다리면 아이들이 왔고 활기가 돌았다. 이채는
그 활기와 긴장 속에서, 험담과 찬사 속에서 엄마에게 들은 말들
을 잊어버렸다.

이런 이야기를 다온에게는 차마 할 수 없었다.

"정말요? 언니는 지각 안 해봤다고요? 한 번도?"

다온이 눈을 크게 뜨고 되물었다.

"어떻게 그럴 수가 있죠? 저는 자꾸 늦잠 자서 아슬아슬하게
도착하거든요. 같이 등교하는 친구가 있는데, 걔가 맨날 제 집
앞에서 기다리다가 짜증 내요. 저도 늦잠 자는 버릇 고치려고 노
력해 봤는데 도저히 안 고쳐지더라고요. 우와, 언니 대단해요.
그렇게 성실하니까 아이돌도 할 수 있는 건가요?"

다온이 열을 올리며 말했다. 이채는 어떻게 대답할까 잠깐 궁

리하다가 그냥 눙치고 넘어가기로 했다.

"그래, 연예인 되려면 학교 열심히 다녀야 해. 네 롤모델로서 하는 말이야."

다온은 혀를 빼물고 헤헤 웃었다.

"반성해야겠네요."

하지만 다온이라면 충분히 연예인이 될 수 있을 것 같았다. 이채는 다온이 스타일리스트에게 머리 손질을 받는 내내 떠드는 것을 보며 깊은 인상을 받았다. 다온은 이채에게 질문을 던지고, 대답을 열심히 듣고, 추켜세워 주고, 아첨을 늘어놓았다. 팬으로서 이채를 좋아하는 마음도 전해졌지만 그것만은 아니었다. 자기보다 강한 상대에게 굽히고 비위를 맞춰줄 줄 알며 그런 상태를 스스로 편안해하는 소질, 그런 것이 엿보였다. 이채에게는 없는 소질이었다.

저 애는 나와 달리 여자애들 사이에서 인기가 많겠구나, 그런 생각이 들었다. 아까 운동장에서 벌어진 약식 악수회에서 처음 만난 이후, 지금 대기실로 쓰이는 1층 교실 안에 들어와 머리와 화장을 세팅하는 동안 지켜보면서 이채가 내린 결론이었다.

사실 그 외에도 많은 것을 파악했다. 허다온이 연극반에서 두각을 발휘하고 있다는 것, 연기만이 아니라 공부도 꽤 잘하는 우등생이라는 것, 다온과 더불어 이채의 친구들로 분할 연극반 여자애 세 명, 준희, 성아, 은비는 다온 때문에 이채에게 가까이 다가오지 못한다는 것. 다온이 이채에게 활발하게 말을 붙이는 동안 나머지 세 명은 눈치를 보며 적당히 맞장구만 치고 있었다. 심지어 준희는 3학년인데도 후배인 다온에게 이채의 옆자리를 양보하는 모양새였다. 준희는 연극반 반장이었는데, 넉살 좋고 배포 있지만 은근히 내성적인 성격인 듯했다. 하기야 한 동아리 안에 다온 같은 여왕이 두 명 있을 수는 없을 것이다.

그리고 지금쯤 이채의 옷으로 갈아입고 있을 정숲.

숲이 도착해서 늦은 이유를 설명하고 감독과 선생님과 실랑이를 벌였을 때, 이채는 많은 것을 알아차렸다. 일단 그 애가 누군가에게 얻어맞았다는 것은 모르려야 모를 수 없었다. 그 자리에 있는 모든 사람이 그 정도는 알았을 것이다. 그러면 숲의 해명이 거짓말이라는 것도 알 수 있고, 그런 거짓말을 왜 하는지에 생각이 미치는 게 당연했다. 그때 이채는 말없이 도끼눈을 뜨고 숲을 지켜보고 있는 다온을, 그리고 숲을 적극적으로 도와주거나 괜찮냐고 묻거나 하지 않고 둘러서서 수군거리기만 하는 아이들을 보았다. 곤란해하되 놀라지는 않는 교감 선생님도 보았다. 그러면 뻔한 일이었다. 숲은 괴롭힘을 당하고 있었고, 숲을 주도적으로 괴롭히는 아이는 다온이었다.

예전 같았으면 이채는 이런 상황에 개입하지 않았을 것이다.

자기 코가 석 자였으니까. 자신을 겨냥한 악의적인 소문들을 방어하는 것만도 힘에 부쳤고 더 괴롭힘당하는 누군가를 도와줄 형편이 못 되었다. 아니, 그 누군가가 아이들의 주의를 끌어준다면 이채에게는 차라리 고마운 일이었다.

하지만 이제는 그렇게 방관할 필요가 없었고, 그래서도 안 됐다.

이채는 아이돌이었다. 아이돌은 모든 팬에게 공평하게 친절해야 한다. 그렇게 행동해도 아무도 뭐라고 하지 않는다. 그렇지 않은가?

"다들 준비됐어요?"

스태프가 교실 문 안으로 고개를 빠끔 내밀고 물었다. 이채는 옆에서 앉아 기다리고 있던 여자애들, 그러니까 새 '친구'들을 둘러보았다. 저마다 촬영에 대한 기대와 긴장으로 들뜬 얼굴들을. 하나같이 새삼스럽게 어려 보였다.

고작 서너 살 차이였지만, 그래도 이채는 이제 어른이었고, 저들의 아이돌이었다.

'그래. 나는 그때의 그 여자애가 아니야. 그때랑 다르게 행동할 수 있어. 휘둘리지 않을 수 있어.'

이채는 심호흡을 했다. 그리고 스태프를 향해 고개를 끄덕였다.

네 사람이 함께 스태프를 따라 교문에서 세 블록 떨어진 길모

통이로 갔다. 카메라가 탑재된 작은 전동차 옆에서 스태프들이 대기 중이었다. 촬영 감독이 이미 들었던 이야기를 다시금 되풀이했다.

"자, 여기서부터 교문까지 뛰는 거예요. 마스크를 벗고 있는 힘껏 뛰어야 돼. 여러분이 진짜 지각하기 일보 직전이라고 생각해요. 이번에 지각하면 교내 봉사해야 한다고, 그것만은 피하자고."

이채는 사실 감독의 말이 전혀 와닿지 않았다. 지각? 해본 적이 있어야 말이지. 교내 봉사? 그게 뭐 대수라고. 하지만 아이들을 돌아보고 쾌활하게 말했다.

"얘들아, 다 들었지? 우리 그것만은 피하자, 응?"

아이들이 웃으면서 네, 하고 외쳤다.

"네, 하지 말고. 우리 이제부터 친구여야 하잖아. 그냥 반말해."

성아와 은비가 머뭇거렸다. 준희가 "에이, 그래도…"라고 입을 연 순간, 다온이 대뜸 말했다.

"그래, 이채야."

14

숲이 이채의 매니저 미경을 따라간 곳은 커다란 무인운전 트레일러 카였다. 시내버스와 엄마가 모는 화물차만 타본 숲은 이런 트레일러 카는 생전 처음 봤다. 따스한 볕색 조명이 밝혀진 트레일러 안에는 탁자와 탁자 주변을 니은 자로 둘러싼 소파가 있었고, 화장실, 싱크대, 냉장고, 전신거울, 옷이 잔뜩 걸린 행거가 갖춰져 있었으며, 곳곳에 자투리 공간을 활용한 서랍과 선반도 눈에 띄었다. 탁자에는 마시다 남은 물 한 컵과 머리 묶을 때 쓰는 고무줄이 널브러져 있었다. 숲이 고무줄에 뒤엉킨, 아마도 이채의 것일 머리카락을 어쩔 줄 모르고 멍하니 바라보는 동안 미경이 옷걸이에서 교복 한 벌을 꺼내 숲에게 건넸다.

"나는 나가 있을 테니까 이거 입어. 상처도 씻고, 이거 바르고 밴드도 붙이고."

미경이 서랍 중 하나에서 반창고와 연고를 꺼내주고는 옷걸이 아래쪽에 늘어선 단화와 운동화를 가리켰다.

"신발은 저기 있는데, 사이즈?"

"235요."

"그럼 맞겠네. 다행이다."

미경이 잠시 생각하더니 운동화를 끄집어냈다.

"이채가 지금 단화를 신고 있으니까 넌 이거 신어. 이채가 갈아신어야 할 일이 생기면 똑같은 신발이 있어야 할 테니까."

"저기…"

미경이 다른 서랍에서 새 양말을 한 켤레 꺼내며 숲을 돌아보았다.

"응?"

"연예인들은 원래 이런 차를 타고 다녀요?"

미경이 새삼스러운 눈길로 주위를 둘러보더니 곤란한 듯 미간을 모았다.

"음, 아니. 늘 그렇진 않고."

"그러면요?"

미경은 말을 고르는 듯하다가 어깨를 으쓱했다.

"지낼 곳이 필요하니까. 1박 2일 일정이잖아. 집에서 오고 가기에는 너무 멀고."

"네? 하지만 숙소를 잡으면 되지 않나요?"

"서울에는 좋은 호텔이 없잖아. 우리나라 호텔 산업 다 망한 게 언제 적인데. 남쪽 관광지 아니고서야. 연예인들은 멀리 이동할 일 있으면 트레일러 카 타고 다니면서 자. 그편이 차라리 보안 차원에서 낫거든."

숲은 이해가 잘 되진 않았지만 그런가 보다 했다. 하긴 엄마의 친구들 중에서 시골의 부잣집들에 배달 다니는 택배 기사들이나 기기를 수리하러 다니는 방문 기사들은 일이 밀려 늦어지면 그냥 차에서 자기도 한다던데, 그런 건가 싶었다.

미경이 목소리를 깔고 말했다.

"너, 지금은 특수한 상황이라서 여기 들어온 거야. 내가 준 물건들 말고 다른 건 건드리지 마."

"아, 네."

숲은 얼떨떨하게 말했다. 누굴 도둑 취급하나 싶어 기분이 나빴지만, 아까 무심코 머리 끈을 유심히 쳐다본 게 생각나자 어쩐지 할 말이 없어졌다.

미경이 밖으로 나가서 차 문을 닫았다.

숲은 눈을 돌렸다. 공기청정과 냉난방을 조절하는 듯한 장치가 보였다. 뭔지 모를 다이얼과 스위치들도 많았다. 숲은 뭐 하나라도 잘못 건드릴세라 조심하며 옷을 가지고 화장실로 들어갔다.

들어와서 문을 닫으니 저절로 불이 켜졌다. 화장실은 작았지만 깨끗했고 있을 것은 다 갖춰져 있었다. 변기와 세면대, 아담한 샤워 부스, 거울 앞에 가지런한 비누와 칫솔. 숲은 샤워 부스 앞에 서서 망설였다. 상처를 씻는 데 물을 써도 된다고? 밖에서 공용 화장실을 쓰려면 돈을 내야 했다. 미경은 돈 이야기를 하지 않았다.

더러운 양말과 교복을 벗고 부스 안에 들어가서 조심스럽게 수도꼭지를 돌렸다. 보일러를 쓸 염치까지는 없어서 냉수로 틀었다. 샤워기에서 차가운 물이 쏟아져 나왔다. 무릎을 가져다 대자 얼음처럼 싸늘한 감각과 동시에 불에 덴 듯 화끈거리는 고통이 치밀었다. 숲은 상처에 묻은 피와 모래를 씻어내고 입 안에 머금고 있던 피를 뱉었다. 핏덩이가 배수구 홈에 끼어 잘 내려가지 않아서 손가락으로 쑤셨다.

수건으로 다리의 물기를 닦아냈다. 내친김에 샤워도 할 수 있다면 참 좋겠지만 물값도 물값이고 촬영에 더 늦을까 봐 그럴 수 없었다. 차가워진 샤워기 헤드를 잠시 뺨에 대고 열기를 식히는 것으로 만족했다. 아까 이채가 뺨에 댔던 손등의 감촉이 떠올랐다. 놀랍도록 서늘했던 손.

부스 안쪽 선반에 늘어선 병들이 눈에 띄었다. 같은 디자인에 다른 색깔로 된 병들에는 각각 샴푸와 헤어 컨디셔너라고 쓰여 있었다.

이걸 건드린다고 뭐라고 하지는 않겠지.

숲은 샴푸 노즐을 살짝 눌러 손톱만큼의 작은 양을 손등 위에 덜어냈다. 손가락으로 문질러 냄새를 맡아보았다.

이채에게서 났던 향기가 어렴풋이 났다. 달콤한 과일 같은 냄새. 하지만 정확히 그 향기는 아니었다. 이채에게서는… 이보다 훨씬 복잡하고 이상한 향기가 났다.

샴푸를 씻어내고 샤워 부스 밖으로 나와서 교복을 입었다. 블라우스에 코를 대보니 역시 좋은 냄새가 났다. 이것도 이채에게서 맡은 냄새의 일부인 것 같긴 했지만, 정확히 그 향기는 아니었다. 혹시 향수를 쓰는 걸까 싶어서 주위를 둘러봤지만 향수병으로 보이는 것은 눈에 띄지 않았다.

교복은 어깨와 기장은 맞았지만 가슴과 허리가 꽉 껴서 단추를 잠글 수 없었다. 숲은 아까 본 이채가 얼마나 말랐는지 다시 떠올렸다. 사진이나 영상으로 보던 것보다 훨씬 마른 몸이었다. 숲은 자신이 뚱뚱하다고 생각해 본 적 없었지만 이채 옆에 선다면 그래 보일 것 같았다. "나도 이채처럼 마르고 싶어." "이채는 사람이 어쩌면 그런 향기가 날까? 나도 그랬으면 좋겠다." 다온을 통해 가상현실로 이채를 본 아이들이 하던 말이 이해가 되었다. 하지만 가상현실 속 이채도 이런 존재감을 갖고 있을까? 그럴 것 같지 않았다. 숲으로서는 이토록 압도적인 현실을 가상현실이 대체할 수 있다고는 상상할 수 없었다.

숲은 이채처럼 마르고 싶다는 생각은 해본 적 없었고 지금도 그런 생각이 들지는 않았다. 다만 그 몸이 예뻐 보여서, 정말로 설득력 있게 예뻐서, 그리고 그렇게 예쁜 것은 처음 봐서 기분이 이상했다. 피부도 매끈하고 흠이 없었다. 먼지 가득한 공기 속에서 이채의 피부만 희게 빛나는 것 같았다. 만지면 어떤 느낌일지 궁금했다.

숲은 스스로의 생각에 놀라서 고개를 세차게 흔들고는 손에 물을 적셔 헝클어진 머리를 정돈했다. 이채의 양말, 이채의 신발을 신었다. 거울에 비춰보니 아까보다는 봐줄 만했지만 교복이 꽉 껴서 우스꽝스러워 보였다.

이것 때문에 또 아이들의 미움과 비웃음을 사겠구나. 감히 몸에 맞지도 않는 이채의 옷을 입었다는 이유로.

그 생각을 하니 암담해졌다. 이채의 사심 없는 친절은 지나가는 구름 같은 것이겠지만 이 옷차림을 본 아이들의 적의는 몇 달, 길면 1년도 넘게 갈 터였다. 그런 것을 이채는 알고 있을까? 과연 짐작이나 할까?

숲이 트레일러에서 나오자 밖에서 기다리고 있던 미경이 문을 잠갔다. 미경은 무심히 숲을 훑어보고는 말했다.

"이제 대기실로 가서 기다리면 돼. 네가 나올 차례가 되면 스태프가 말해줄 거야."

"네."

"촬영 중이니까 방해되지 않게 뒷문으로 가자."

숲은 미경을 따라 학교 뒷담을 빙 둘러 뒷문으로 들어갔다. 운동장에는 이제 아무도 없었고, 정문 앞에 촬영진이 몰려 있었다. 교사 역의 남자 배우가 교문을 천천히 닫고 있었고 문 안쪽에 짐벌을 든 스태프가 서 있었다. 숲이 운동장 가장자리의 스탠드를 따라 동관으로 향하는 동안 저 멀리 정문 밖에서 시끌벅적한 여자애들의 말소리가 가까워지는 게 들렸다. 이윽고 전동차에 실린 카메라를 필두로 다온, 은비, 준희, 성아가 닫혀가는 문틈으로 우르르 뛰어 들어왔다. 마지막으로 나타난 이채가 비좁은 문틈에 거의 몸을 끼워 넣다시피 던졌다.

이채는 무릎을 짚고 숨을 몰아쉬며 멈춰 섰고, 남자 배우가 팔짱을 끼고 서서 이채에게 손가락을 흔들며 꾸중을 했다.

"일찍 일찍 다녀라, 응?"

그러자 이채가 몸을 세우며 애교 섞인 목소리로 말했다.

"죄송합니다!"

먼저 가려던 다온이 이채의 팔을 잡아끌었다.

"야, 가자!"

이채가 다온을 보며 안도감 섞인 미소를 지었다.

"응!"

아이들이 다시 뛰어서 서관으로 향했다. 웃음소리가 폭죽처럼
터졌다.

숲은 미리 전달받아 읽었던 각본을 떠올렸다. 이채와 친구들
이 지각을 아슬아슬하게 모면하고 교문으로 뛰어 들어오는 장
면. 그걸 처음 읽었을 때는 그냥 평범한 도입부 장면이구나 생각
했다. 하지만 각본을 다 읽은 다음 첫 장면부터 다시 읽으니, 이
뮤직비디오가 뭘 보여주려고 하는 것인지 알 수 있었다.

대면 학교를 다녀본 적 없는 사람들에게 진짜 학교생활의 낭
만을 보여주는 것. 그것이 뮤직비디오의 목적이었다. 그 사람들
에게는 집에서 학교까지 걷거나 뛰어서 가는 것, 교문을 물리적
으로 통과해야 하는 것, 정해진 시간 안에 교문을 통과하느냐 마
느냐로 지각이냐 출석이냐가 갈린다는 것이 신선하게 느껴지리
라. 겪어본 적 없는 과거에 대한 가상의 노스텔지어를 불러일으
키기도 할 테고. 숲을 비롯한 연강고등학교 아이들에게는 엄연
히 진행 중인 현재임에도 불구하고.

그러나, 아니다. 지금 눈앞에 벌어지는 장면을 보면서 숲은 자
신이 저런 현재를 겪어본 적이 한 번도 없음을 깨달았다. 물론
숲도 지각할 뻔한 적 있고 지각해 본 적도 있었다. 하지만 저렇

게 마스크를 벗고 뛰어본 적은 없었다. 친구 서너 명과 등교를 함께해 본 적도 없었다. 곤란하거나 부끄러운 상황에서 누군가가 곁에서 팔을 잡아 끌어준 적도 없었다. 맑게 울리는 웃음소리에 둘러싸여 본 적도 없었다.

이채와 함께 그랬던 적은 더욱이 없었다.

"학생, 뭐 해? 구경하지 말고 얼른 따라와. 방해돼."

미경의 목소리에 숲은 퍼뜩 고개를 돌렸다.

"앗, 네. 가요."

숲은 허둥지둥 발걸음을 재촉해 저만치 앞에 있는 미경을 따라잡았다. 자꾸만 어깨 너머로 돌아가려 하는 눈을 억지로 앞에 고정하고서.

이상했다.

이채를 최대한 피하려고 했는데, 멀리서 지켜보는 것으로 만족하자고 다짐했는데, 이젠 가까이 있고 싶었다.

15

이채는 다온이 마음에 안 들었다.

등교 신은 순조롭게 끝났다. 세 테이크 만에 감독이 오케이 사인을 내렸다. 아마추어 후배들이 버벅거려서 애를 먹지 않을까 걱정했는데 의외로 그렇지는 않았다. 흥분해서 얼굴이 상기되고, 자꾸 실없이 웃고, 허둥거리기는 했지만 그 모든 것이 이 신의 설정에 어울려서 상관없는 모양이었다. 하지만 만약 이채가 감독이었다면 오케이하지 않았을 것 같았다. 다온이 눈에 거슬려서였다.

연기의 어떤 부분이 잘못됐다고 딱 꼬집어 말할 수는 없지만 다온은 지나치게 거들먹거렸다. 이채의 눈에는 그게 보였다. 몸을 꼿꼿이 세우고 턱을 치켜들고 다니고, 친구들을 은근히 깔보는 태도로 대하고, 이채를 잡아끄는 손길이 너무 우악스러웠다. 그래, 무엇보다도 그 손길이 불쾌했다. 이채는 가상현실에 익숙해진 자신이 너무 오랜만에 낯선 타인의 손길을 느껴서 그런가 보다고 생각하려 했지만, 아무래도 그 이유 때문만은 아니었다. 다온은 이채에게 호들갑스럽게 아부하며 스스로를 낮추는 듯했지만 간혹 이렇게 의외의 모습을 보였다. 서슴없이 말을 놓는다든가, 아플 정도로 이채의 팔을 그러쥐고 끌어당긴다든가. 그 태도의 간극이 기분 나빴다.

하지만 이채는 다온이 선망하는 아이돌이었다. 자신을 동경해서 눈을 반짝이는, 네 살 어린 여자애를 상대로 기 싸움을 벌이고 싶지는 않았다. 설령 그러고 싶대도 그래선 안 됐다. 이채의 일거수일투족이 평가되고 가십거리가 됐다. 모든 사람을 친절하게 대하지 않으면, 조금이라도 날을 세우거나 신경질적으로 행동하면 뒤에서 무슨 말이 나올지 몰랐다. 사람들이 원하는 건 어디까지나 '서울에서 거칠게 자랐지만 영혼은 순수한 소녀 이채'였다.

'내가 네 아이돌이 아니라 선배이기만 했어봐, 과연 어땠을지.'

이채는 이렇게 생각하면서 겉으로는 밝게 웃으며 말했다.

"얘들아, 너희 연기 진짜 잘한다. 당장 데뷔해도 되겠는데?"

"정말?"

아이들이 꺅꺅거리며 기뻐했다.

"그럼 네가 대표님한테 잘 좀 말해줘. 너희 회사에서 배우 매니지먼트도 하잖아."

다온이 말했다. 이채는 장난스럽게 받아치려다 다온의 진지함을 보고 대답을 바꿨다.

"음, 모르긴 몰라도, 애초에 대표님이 캐스팅할 만한 인재들 찾아보려고 이런 기획을 하신 게 아닐까? 물론 나도 말은 해보겠지만, 너희가 지금처럼 쭉 잘하는 게 중요하겠지. 대중의 반응도 중요할 거고."

'데뷔하는 게 그렇게 쉬운 일인 줄 알아?'

이채는 뒷말을 애써 삼켰다.

"아, 대중이래! 그렇게 많은 사람이 본다고 생각하면 존나 떨려. 앗, 미안. 말이 헛나왔어."

성아가 얼굴이 시뻘게져서 더듬거렸다. 다온이 성아를 말없이 흘겨보았다. 이채는 부드럽게 웃으며 상황을 무마했다.

"야, 야, 괜찮아. 나도 학교 다닐 땐 욕하고 그랬어. 다 그런 거지 뭐."

"진짜예요? 아니, 진짜야?"

"너희만 아는 비밀이다."

진짜 비밀은 아니었다. 그러나 여자애들은 비밀을 좋아하는 법이다. 아니나 다를까 성아의 말실수 때문에 화가 난 듯하던 다온도 그 한마디에 매료된 듯 고개를 주억거렸다.

'아, 여자애들 상대하는 거 진짜 피곤하다.'

그런 생각을 하면서 이채는 여자애들을 이끌고 다음 신 배경
이 되는 교실로 들어갔다.

교실에 늘어선 걸상들에는 이미 엑스트라 역 아이들이 앉아
있었고, 이채, 다온, 성아, 준희, 은비의 자리만 비어 있었다. 가
지런히 줄지어 앉은 아이들이 똑같이 생긴 태블릿을 앞에 꺼내
놓고 있었고 교실 전면 스크린 앞에는 교사 역의 여자 배우가
서 있었다. 그 광경을 보고 이채는 순간 아찔했다. 정말 과거로
돌아온 것 같았다.

"이채 씨는 저기 창가 쪽에 앉아요. 다온이는 이쪽 둘째 줄에,
은비는…"

스태프의 지시대로 이채는 창문 옆 뒷자리로 걸어갔다. 가면
서 교실을 훑어보노라니 교실 앞문과 가까운 자리에 정숲이 앉
아 있었다.

정숲은 웅크려 앉아 태블릿만 보고 있었다. 꼭 끼는 교복이 어
색해 보였지만 전체적으로 단정해진 모습이었다. 부어오른 오른
뺨은 벽을 향하고 있어서 이채의 위치에서는 보이지 않았다. 그
래도 카메라에 덜 잡히게 하려고 눈에 안 띄는 자리를 배정한
모양이었다.

아플 텐데.

이채도 맞고 등교해 본 적이 있어서 알았다. 앉아 있기가 고역이었다. 맞은 곳은 물론이고 언제 맞았는지 모르는 곳, 물건이나 바닥에 부딪힌 곳까지 구석구석 쑤실 터였다.

그게 측은하지는 않았다. 오히려 자신이 겪었고 잘 아는 일이기에 더 무덤덤한 기분이었다. 그보단 다른 것이 신경 쓰였다.

이채가 아파도 학교에 왔던 것은, 교실에 앉아 있는 편이 다른 어떤 선택지보다 나아서였다. 하지만 숲의 입장은 달랐다. 촬영에 참여하는 것이 참여하지 않는 것보다 힘든 일일 터였다. 그런데도 굳이 여기 와서 앉아 있는 건 왜일까. 돈 때문에? 돈이라면 다른 아르바이트로 벌어도 될 일이었다. 다른 아이들은 동기가 명확했다. 배우가 되고 싶어서, 포트폴리오를 만들려고, 롤모델인 이채와 가까이 있으려고… 무엇이 됐든 그 애들에게는 이 일에 참여하는 것이 영광스럽고 행복하고 자랑거리가 되는 경험이었다. 하지만 숲에게는 그렇지 않았다. 숲은 오늘처럼 얻어맞고, 나댄다는 비아냥을 듣고, 미움을 살 것이다.

이채는 항상 인정받고 사랑받기 위해 행동해 왔다. 저런 식으로 행동해 본 적은 한 번도 없었다.

게다가 숲은 이채를 보지 않았다.

다른 아이들은 모두 이채를 흘끔거렸다. 그러나 숲은 한사코 태블릿만 보다가, 이제는 연기 지도를 하는 배 감독에게 눈길을 붙박고 있었다.

"…그래서 이채랑 친구들은 메시지를 주고받는 척하면 돼요. 흥미진진해 죽겠는데, 선생님에게 들키지 않게끔 애써 표정을 관리한다는 느낌으로. 그동안 다른 애들은 다 선생님한테 집중하고 있어야 해. 알았지?"

배 감독의 말에 아이들이 일제히 네, 하고 대답했다. 숲도 입을 벙긋거렸다. 이채는 말의 대부분을 놓쳤지만 귀담아들은 척 그 대답을 따라 하며 숲에게서 시선을 뗐다.

상관없었다. 뭘 해야 할지는 이미 아니까.

"자, 촬영 들어갑니다."

감독의 말과 함께 주위가 조용해졌다. 스태프들이 수신호를 주고받았다.

"롤, 액션."

연기가 시작되었다. 아이들의 몸이 미세하게 굳었다.

스크린 앞에 선 여자 배우가 입을 열었다.

"자, 오늘은 음운 변동에 대해 배울 거예요."

어차피 뮤직비디오에 대사는 들어가지 않기 때문에 대사를 잘 처리하는 것보다는 그럴듯한 표정 연기가 더 중요했다. 배우는 스크린에 나열된 자음과 모음 들을 가리키며 음운 교체 현상에 대해 설명해 나갔다. 자세와 표정만 보면 제법 진짜 선생님 같았다. 이채는 자신을 찍고 있는 카메라를 의식하며 스크린을 멍하니 바라보았다. 선생님이 무슨 소리를 하는지 통 모르겠다는 표정으로. 그런데 이건 연기가 아니었다. 실제로도 무슨 소린지 몰랐으니까.

이 장면에서 연출되는 것은 이채의 공상이었다. 이채는 스크린을 바라보며 딴생각에, 그러니까 〈만나자, 지금〉에서 묘사되는 짝사랑 상대에 대한 설레는 생각에 빠져들고, 그런 이채의 머릿속에서 스크린 위의 자음과 모음 들이 흩어지고 재조합되어 〈만나자, 지금〉의 가사로 변한다. "받침 ㅂ 뒤에 ㄹ이 오면 비음화가 일어난다"라는 문장에서 ㄹ과 ㅂ이 멋대로 춤을 추다가 '러브'라는 단어로 변신한다. 즉 이채는 음운 교체를 다룬 교과서 속 글을 자기 마음을 표현하는 연시로 바꾸는 것이다. 편집팀에서 그 과정을 컴퓨터그래픽으로 익살스럽게 묘사하고, 음악과 딱 맞는 타이밍으로 전개되도록 처리할 것이다.

무슨 말인지 못 알아들어도 되니까, 아니 오히려 그것이야말로 이채의 역할이니까 마음이 편하긴 했다. 진짜 학교에 다닐 때는 수업을 못 따라가는 게 스트레스였다. 수업은 못 견디게 지루했다. 마음먹고 집중을 좀 해보려고 하면 짜증과 좌절감이 치밀었기 때문에 그냥 딴생각을 하거나 친구들과 메시지를 주고받으며 시간을 흘려보냈다. 지각 장면과 달리, 지금 이 교실 장면은 이채가 모두 겪어본 일이었고 더 나아가 숱하게 반복했던 일이었다.

하지만 차이도 있었다.

 준희

야, 곰돌이가 너 쳐다보는데?

태블릿에 메시지가 도착했다. 준희였다.

이채는 태블릿을 흘끔 봤다가 옆옆줄 중간 자리의 한 남학생에게 시선을 던졌다.

하지만 정확히 말하자면 거기엔 남학생이 없었다. 텅 빈 자리였다.

편집팀에서는 그 자리에 커다란 곰 인형을 하나 앉힐 것이다. 귀엽고 보송보송한 곰 인형이 이채를 바라보고 있다가, 이채와 눈이 마주치자 머쓱해하며 시선을 휙 피하는 모습을 만들어 낼 것이다.

원래 기획팀에서는 '곰돌이'라는 별명을 가진 이채의 짝사랑 상대 남학생 배역을 실제 남학생에게 맡기려고 했었다. 하지만 그 계획은 엎어졌다. 그런 섬세한 연기를 해낼 줄 알면서 얼굴도 그럭저럭 멀끔하게 생긴 남학생은 찾기 어려운 데다가, 그렇게

하면 남자 팬들의 감정 이입이 깨질 수 있고 여자 팬들도 싫어
할 거라는 이유에서였다. 차라리 귀여운 곰 인형으로 대체하고
시청자들이 이채에게 걸맞은 상대역을 남자애든 여자애든 마음
대로 상상할 수 있는 여지를 남겨두는 편이 나았다. 게다가 가상
현실 시청자는 곰돌이의 시점에서 뮤직비디오를 감상할 수도 있
는데, 그러려면 곰돌이가 무생물이어야만 사람들이 쉽게 스스로
를 이입할 수 있을 터였다.

이채는 얼굴이 빨개진 이모지를 단체 메시지방에 보냈다.

> 그냥 어쩌다 눈길이 스친 거야. 😥

 다온

> 아니야, 너를 똑바로 보고 있었다고!

다온의 메시지.

 은비

> 곰돌이도 널 좋아한다니까~

은비의 메시지.

161

성아

메시지 보내봐, 학교 끝나고 만나자고!

성아의 메시지.

이 메시지들은 뮤직비디오에서 자막처럼 편집될 것이다.

이채는 태블릿에서 눈을 흘끔 들어 후배들, 아니, 친구들을 훑어보았다. 친구들이 웃음을 참으며 이채에게 눈짓했다. 한편 선생님은 스크린을 가리키며 여전히 알아들을 수 없는 말을 하고 있었다. 이채는 다시 곰돌이 쪽을 봤다. 그러나 이제 곰돌이는 선생님만 보고 있다(그렇게 편집될 것이다). 이채는 태블릿으로 고개를 떨어트렸다. 그리고 곰곰이 생각하다가 결연히 입을 앙다물고 새 메시지 창을 열었다. 곰돌이에게 보내는 메시지.

안녕, 있잖아…

1

그리고 지웠다.

야, 어째서 모른 척하는 거야???

1

162

다시 지웠다.

그리고 두 손에 얼굴을 푹 파묻었다가 눈을 비비고는 창밖을 내다보았다.

창밖은 당연하게도 먼지투성이였다.

하지만 이채는 창밖에 무지개라도 떴다는 듯이 아련한 눈빛을 했다.

하려고 했다.

아, 씨발.

"컷!"

감독의 목소리가 허공을 가로질렀다. 그와 동시에 교실 곳곳에서 작은 신음과 부스럭거리는 소리와 헛기침이 터져 나왔다. 교사 역 배우가 자기 때문인가 생각하는 듯 의문스러운 표정으로 감독을 보았다. 하지만 이채는 다른 누구도 아닌 자신 때문이라는 걸 잘 알았다.

"이채 씨, 표정이 왜 그래요?"

감독이 이채에게 외쳤다.

"사랑의 공상에 빠진 소녀의 표정이 아니잖아. 똥 마려운 소녀 같아요."

감독이 자기 말이 웃긴 듯 낄낄거렸다. 이채를 포함해 아무도 웃지 않자 감독은 웃음을 삼키고 헛기침을 했다. 이채가 차분하게 말했다.

"죄송합니다. 딴생각이 나서요. 다시 할게요."

"좋아요, 처음부터 다시 갑시다."

16

숲의 배역은 쉬웠다. 그냥 책상 앞에 앉아서 선생님 역할의 배우를 보고 있기만 하면 됐다. 하지만 어떤 의미에서는 어려웠다. 등 뒤에서 무슨 일이 벌어지고 있는지 알 수 없었기 때문이다.

이 장면의 줄거리는 이랬다. 수업 시간, 이채는 친구들과 메시지를 주고받는다. 친구들은 이채가 좋아하는 '곰돌이'가 이채를 쳐다봤다며, 걔도 너를 좋아하는 게 분명하다, 말을 걸어보라고 재촉한다. 이채는 곰돌이에게 메시지를 보내려고 몇 마디를 적어보지만 어떤 말도 적절하지 않은 것 같아 자꾸만 지운다. 그러고는 창밖을 바라보며 공상에 빠진다.

마지막에 공상에 빠지는 부분에서 이채는 엔지를 두 번 냈다. 처음에는, 감독의 표현을 따르자면 "똥 마려운 소녀 같은" 표정을 지었고, 두 번째 시도에서는 피식 웃어버린 모양이었다. 왜 그랬는지 궁금했지만 알 길이 없었다. 사실 이채가 연기하는 모습을 다 지켜보았더라도 알 수 없었을 것이다. 직접 물어보지 않는 한.

그런데 뜻밖에도 직접 물어볼 기회가 생겼다.

마침내 교실 장면의 촬영이 끝나고, 스태프들이 다음 촬영을 준비하는 동안 분위기가 어수선해졌다. 당연하게도 아이들은 다들 이채에게 말을 걸고 싶어 눈치를 봤다. 그런데 이채가 자리에서 벌떡 일어나더니, 다온도 준희도 그 누구도 아닌 숲에게 다가왔다.

숲은 자신에게 똑바로 다가오는 이채를 올려다보며 눈을 껌뻑였다.

"안녕? 네 이름이… 숲이었지? 정숲."

숲은 더듬거렸다.

"아, 안녕하세요."

그러고는 한 박자 늦게 덧붙였다.

"수고 많으세요, 선배."

이채가 빙긋 웃었다. 그 웃음과 동시에 누가 버튼이라도 누른 듯 특유의 달콤한 체취가 훅 끼쳐 왔다. 이 향기를 더 오래, 선명하게, 순수하게 느끼고 싶다는 생각과 동시에, 자신이 마스크를 쓰지 않았다는 데 생각이 미쳤다. '촬영하지 않을 때는 마스크를 반드시 착용할 것.' 숲은 후닥닥 주머니에서 마스크를 꺼내 썼다.

166

그런 숲을 보면서 이채가 말했다.

"너야말로 힘들겠지."

숲은 이채가 비꼬는 건가 생각했다.

"음, 아뇨. 저야 그냥 앉아 있는 건데요."

"아프잖아."

"아."

숲은 이제 무지근하게 느껴지는 오른뺨에 손을 댔다. 뺨이 갑자기 사라진 것 같았다.

"괘, 괜찮아요."

이채가 눈을 가늘게 떴다. 이채는 마스크를 안 썼는데도 숲은 이채의 표정을 좀처럼 읽을 수 없었다.

"말 편하게 해도 돼."

숲은 잠시 침묵했다. 그사이에 교실의 아이들이 모두 둘에게 귀를 기울이고 있는 것이 느껴졌다.

숲은 작은 목소리로, 하지만 또박또박 말했다.

"전 존댓말이 편해요."

이채가 한쪽 눈썹을 살짝 들더니 고개를 끄덕였다.

"그래, 그럴 수 있지. 너 편한 대로 해. 옷은 좀 어때? 안 불편하니?"

숲은 그제야 자신이 감사 인사를 깜빡했다는 것을 깨달았다.

이런 머저리 같으니.

"아, 고마워요, 선배. 옷도 신발도 빌려주셔서…"

이채가 부드럽게 미소 지었다.

"뭘, 이럴 때 쓰려고 가져온 여분인데. 또 뭐 어려운 점 있으면 말해. 내가 도울 수 있는 건 도울게."

숲은 지금 벌어지는 대화를 믿을 수 없었다. 누군가와 이런 말을 주고받는 것도 너무 오랜만이라 생경한데, 하물며 상대가 이채라니. 이렇듯 친절하게, 이렇듯 다정하게.

하지만 주위에서 숲을 지켜보는 아이들의 적의가 살갗 위로 생생하게 와닿는 걸 보면 현실이 맞는 모양이었다.

숲은 신경을 곤두세웠다. 침착해야 했다. 들뜨면 오해할 수 있고, 오해하면 실수할 것이다. 이건 숲에게는 엄청나게 특별한 사건이지만 이채에게는 그렇지 않았다. 이채는 평소에 이런 친절을 주위 사람 누구에게나 베풀 것이다. 평판이 중요한 직업이니까. 아니, 아이돌이 아니어도, 주위에 다친 사람이 있고 그 사람을 도울 방법이 있다면 도와주려고 하는 것이 사람의 인정이 아닌가. 그 당연한 인정을 숲이 지금껏 못 누리고 살아왔을 뿐.

그 사실을 생각하니 눈물이 나올 것 같았다.

숲은 재빨리 시선을 떨어트리고 손톱이 살갗을 아프게 파고들도록 주먹을 꽉 쥐었다.

"고맙습니다, 선배. 지금은 괜찮아요."

자기도 모르게 퉁명스러운 투로 말이 나왔다. 주체할 수가 없었다. 숲은 어떻게 하면 아무렇지도 않은 듯이 적당하게 친절을 되돌려 줄 수 있는지를 몰랐다. 눈을 마주치면, 이채가 결코 요청하지도 않았고 바라지도 않은 애정이 콰르르 쏟아져 나올 것 같았다. 그것이 이채의 온몸에 엉겨 붙어 둘 다 곤란해질 것 같았다.

"그렇구나. 알았어."

이채가 그렇게 말하곤 입을 다물었다.

숲은 이제 이채가 대화를 끝내고 자리를 뜨겠거니 생각하고 기다렸다.

그런데 이채는 몸을 움직이지 않았다.

이채는 고개를 비스듬히 기울인 채 숲을 가만히 쳐다보았다. 숲은 아무 말도 못 하고 이제 뭘 어떻게 해야 하나 쩔쩔맸다.

이채가 약간 뾰로통한 표정을 지으며 말했다.

"나한테 뭐 하고 싶은 말 없어? 궁금한 점이나?"

머릿속이 하얘졌다.

"글쎄요…"

이채에게 하고 싶은 말이라면, 묻고 싶은 것이라면, 아주 많았다. 매일 몇 시간은 그 생각을 하면서 보내는 것 같았다. 그런데 막상 그 생각을 꺼낼 기회가 생기자 생각은 달아나 버렸다.

다만 떠오르는 것은, 아까 음운 변동에 대해 설명하는 배우를 바라보며 내내 상상했던, 등 뒤에서 창밖을 보고 있었을 이채의 옆얼굴이었다. 혼자만의 생각에 빠져든 이채, 그 순간의 표정.

"저…"

이채가 팔짱을 꼈다.

"아까 창밖 보는 연기할 때, 무슨 생각 하셨어요?"

이채의 눈이 동그래졌다.

이채는 잠시 생각에 잠겼다. 숲은 자신이 적절한 질문을 한 게 맞는지 돌이켜 생각했다. 가늠이 되질 않았다. 다만 이쪽을 지켜보는 아이들이 모두 이채의 대답을 궁금해하고 있다는 것은 알 수 있었다.

침묵 속에서 이채가 천천히 입을 열었다.

"나는…"

"자, 다음 신 들어가실게요!"

스태프 중 한 명이 외쳤다.

부리나케 미경이 다가와 이채에게 가자고 재촉했다. 그러자 이채는 미경을 무시하고 숲의 귀에 입을 가져와 속삭였다. 이채의 입김이 불어와 숲의 귀 옆 잔머리가 아주 가볍게 들썩였다.

"이따가 말해줄게."

17

교실에서 찍는 신이 두세 개 더 있었다. 쉬는 시간에 친구들과
같이 수다 떠는 장면, 태블릿 한 개로 아이돌 영상을 틀어놓고
친구들과 둘러앉아 같이 보는 장면(물론 여기서 나오는 아이돌 영상
은 이채의 〈사계절의 그대〉 뮤직비디오다), 그리고 종례 시간에 엎드려
자고 있던 이채에게 친구들이 다가와 잠을 깨우고 같이 교실을
나서는 장면.

이 신들이 먼젓번 것보다 더 오래 걸렸다. 다양한 상호작용이
있는 신들이어서 엔지가 많이 났다. 게다가 모두 선생님을 보며
집중하면 됐던 수업 시간 신과 달리 엑스트라들이 저마다 다른
행동을 해야 했기에, 감독이 일일이 지도하느라 애를 먹었다. 그
렇게 지도하고서도 통 자연스럽지가 않아서 거듭 수정해야 했
다. 그 과정에서 어떤 아이는 울먹거리기도 했다. 배 감독이 그
리 심하게 몰아붙이지도 않았는데도 그랬다. 하기야 자기 때문

에 촬영이 지연된다는 중압감이란 초짜에게는, 더욱이 10대 아이에게는 견디기 힘든 일이다.

그러는 동안 숲은 그냥 자기 자리에 가만히 앉아 있었다.

감독도 숲에게 다른 아이와 대화를 나누라는 지시 같은 것은 하지 않았다. 숲이 하는 연기는 기껏해야 종례 장면에서 가방 싸는 시늉을 하는 것 정도였다. 숲은 덤덤한 표정으로 태블릿과 개인 컵을 가방에 넣고 고글을 꺼내 썼다. 그 모습을 보며 이채는 숲이 평소에도 꼭 저런 모습으로 하교 준비를 하리라는 생각이 들었다. 아무하고도 말을 섞지 않고. 남의 생활을 엿보는 기분이었다.

이채가 친구들과 수다 떠는 장면을 찍을 때 다온은 대본에 없던 행동을 했다. 이채에게 귓속말을 한 것이었다. 아니, 정확히는 카메라가 돌아가고 있는 줄 모르고 한 행동이었지만, 결과적으로 그건 카메라에 찍혔고 감독은 좋은 샷이었다고 했다. 그래서 이채는 본의 아니게 다온과 비밀 대화를 나눴는데, 그 내용은 이랬다.

"이채야, 정숲 있잖아. 걔 되게 불쌍한 앤 거 알아?"

"정숲이 왜?"

"사실… 가저증자거든."

다온이 한숨 섞인 목소리로, 진심으로 안타깝다는 듯이 말했다.

172

이채는 숲을 보지 않았다. 보나 마나 숲은 태블릿을 보고 있거나 책상에 엎드려 있거나 할 터였다. 다만 이채는 다온을 빤히 쳐다보았다.

'그래서 뭐 어쩌라고?'

그 말을 속으로 삼키고서 큰 소리로 잘라 말했다.

"그랬구나. 몰랐네."

완곡하지만 분명하게 대화를 끝내겠다는 선언이었다. 적어도 귓속말로는 이 대화를 더 나눌 의사가 없다는 선언. 이 대화는 귓속말이 아니면 의미가 없는 것이었고, 그러니까 거기서 끝이었다.

다온은 약간 무안한 듯 "어, 응"이라고 대꾸하더니 헛기침을 하고 다른 화제로 넘어갔다.

하지만 정말로 기분이 상한 건 이채였다.

왜 기분이 나빴을까? 이채는 촬영 틈틈이 그 생각을 했다.

아이들이 가상현실 저항증자를 흉보고 따돌리는 건 어제오늘 일이 아니었다. 거의 이 학교의 전통이었다. 그건 놀랍지 않았다. 다온이 숲의 험담을 하면서 험담이 아닌 척 내숭 떠는 것도 놀랍지 않았다. 문제는 다온이 그것을 귓속말로 했다는 것이었다.

귓속말. 입을 타인의 신체에 가까이 가져다 대는 행동. 마스크도 쓰지 않은 채로 귓가에 침을 튀기는 행동. 그것은 바이러스까지는 몰라도 일차적으로 비밀을 전염시킨다. 타인의 귓속말을 들었다는 것은 이미 그 사람의 음모에 공모했다는 뜻이 되니까. 게다가 그 공모의 현장을 주위의 다른 사람들에게 목격당하게 된다. 즉 다온은 이채를 정숲에 대한 험담의 공모자로 만들었고 그것을 다른 아이들에게 과시했다. 너무나 자연스럽게, 그럴 수 있다는 듯이.

숲이 늘 혼자 하교 준비를 했으리라는 것을 상상할 수 있듯이, 다온이 늘 이런 식으로 누군가를 조종했으리라는 것을 상상할 수 있었다. 가상현실로 보듯 눈앞에 선했다. 이런 애들은 많이 겪어봤다. 이채를 자기편으로 만들려 하던 여자애들. 이채와 친해져서 남자애들에게 인기 좀 얻어보려 하던 여자애들. 이채가 편을 들어주지 않으면 하루아침에 적으로 돌리던 여자애들. 그것을 귓속말로, 눈짓으로, 미묘한 비웃음과 살가운 진짜 웃음의 차이로 보여주던 여자애들. 그 애들에게 휘둘리며 갈팡질팡하던 이채 자신. 아, 지긋지긋했다.

이채는 이 모든 게 하층민 여자애들 특유의 야만이라고 생각했다. 데뷔한 후 비대면 학교로 전학 가서 짧게나마 수업을 경험해 봤는데, 거기서 놀란 것은 이런 야만이 존재하지 않는다는 사실이었다. 가상현실의 자동 녹화 기능은 참여자들의 아무리 작은 말과 행동이라도 빠짐없이 기록했고, 무슨 문제라도 생기면 누가 그 문제의 원인이고 어떤 잘못이 있었는지 모두 발견할 수 있었다. 게다가 하나같이 좋은 대학에 가고 싶어 하는 아이들이기에 생활기록부에 흠이 남는 것에 민감했다. 당연하게도 귓속말은 물론이고 억지로 끌어당기기, 머리카락 잡아당기기, 따귀, 침 뱉기, 걷어차기, 주먹질하기, 그 모든 것이 불가능했다. 비대면 학교만이 아니라 모든 가상현실 공간은 참여자가 적당한 자극 수준 이상의 고통을 느낄 수 없도록, 그리고 타인의 아바타에게 허용 범위 이상 접근할 수 없도록 법적으로 규제된다. 아, 이얼마나 평화로운 세계인가!

아이돌 일은 때때로 거지 같지만, 적어도 이채를 둘러싼 물리적 공간은 안전했다. 그 누구도 그 공간을 침범하지는 못했다. 루저들이야 가상현실 포르노 속 이채와 떡을 치든 말든. 이채는 발전했고, 더 안전하고 품위 있는 세계로 진입했다.

그런데 다시 서울에 굴러떨어지다니.

다온은 자기가 꽤나 잘났다고, 여느 서울 애들과는 수준이 다르다고 생각하는 눈치였지만, 이채가 보기에는 다온이야말로 전형적인 서울 여자애 같았다. 가상현실 입출력기를 가지고 있으면 뭐 하나. 몸이 대면 생활의 야만에 푹 젖어서 다른 사람의 몸에 멋대로 간섭하는데…

"그런데 이채야."

한참 이채의 불평을 듣고 있던 미경이 말을 끊었다.

"뭐?"

이채가 씩씩거리며 미경을 쳐다보았다.

쉬는 시간, 둘은 트레일러 안에서 식사를 했다. 이채는 막 그
래놀라에 링곤베리와 건바나나와 아몬드를 말아 먹고 소파에 늘
어져 커피를 마시던 참이었다. 간에 기별도 안 갔다. 두 그릇쯤
은 더 먹어야 직성이 풀릴 것 같았다.

냉장고에 기대 서서 주스 캔을 빙글빙글 돌리고 있던 미경이
애매한 표정으로 지적했다.

"너도 아까 귓속말하던데."

"아, 허다온 그년이 먼저 했잖아. 또 감독이 시켰고…"

"그게 아니라. 정숲인가? 걔한테."

이채는 입을 벙긋거렸다.

"어?"

"너도 아까 걔한테 귓속말했잖아."

얼굴이 달아올랐다.

"그, 그건…"

"그건 달라?"

미경이 놀리듯 빙글거리며 말했다. 이채는 불끈 짜증을 냈다.

"다르지! 애들이 다 듣고 있었잖아. 나는 사적인 대화를 나누

고 싶었는데. 방법이 없었다고."

"허다온도 너와 '사적인 대화를' 나누고 싶었던 거 아닐까?"

이채는 미경을 노려보았다.

"언니 같으면 다르게 행동했을 것 같아?"

미경은 어깨를 으쓱했다. 그 초연한 태도에서, 아이들 세계의 복잡하고도 유치한 논리에 연연하지 않는다는 어른의 분위기가 풍겼다. 이채는 분한 기분이 들었다.

"글쎄, 나라면 그 자리에서 정숲한테 '나한테 궁금한 거 없냐'고 묻지도 않았을 것 같은데. 아니, 애초에 애들이 다 지켜보는 앞에서 말을 걸지도 않았을 것 같아. 왜 그런 거야? 너무 대놓고 도발이잖아."

이채는 묵묵히 차가운 커피를 홀짝거렸다.

글쎄, 왜 그랬을까?

그냥 답답했다. 숲도 이채에게 관심이 없는 건 아니었다. 이채가 다가오면 얼굴을 붉혔고, 마른침을 삼켰다. 언뜻 무뚝뚝해 보이기도 했지만, 이채는 자신을 너무 좋아해서 굳어버리는 사람이 나타내는 신호들을 분명히 알았다. 그런데도 숲은 이채에게 다가오지 않았다. 내내 거리를 두고, 말을 삼갔다. 그건 분명 다른 아이들의 눈치를 봐서였겠지.

생각할수록 속상했다. 연민일까? 그건 이상했다. 정작 학창 시절에는 괴롭힘당하는 아이들에 대해 별로 깊이 생각해 본 적 없는데. 물론 불쌍했고 잘못된 일이라고 생각했지만, 자신이 당하는 일이 아니어서 다행스러웠고, 그런 찐따 같은 애들하고 어울려서 괜히 골치 아파질 일은 만들지 않았다. 그런데 이젠 뭘까? 입장이 바뀌어서? 나이가 들어서? 그동안 온실 속에서 지내다 보니 마음이 물러져서? 모르겠다. 하지만 숲이 다른 애들, 정확히는 허다온 때문에 몸을 사려서 이채를 외면하는 꼴을 보는 건 화가 났다. 이채는 숲이 자신을 왜 좋아하는지, 왜 이 일에 지원했는지, 무슨 결심으로 여기까지 왔는지가 궁금했다. 그 이야기들을, 그 마음의 고백과 솔직한 감정의 표현을 듣고 싶었다. 그것은 이채가 아이돌로서 정당하게 받아야 할 몫의 애정이었다. 그것을 다온이 무슨 권리로 가로막는단 말인가?

"몰라, 이상하게 안달이 나."

마침내 이채가 말했다.

"안달이 난다고?"

"자꾸 내 눈 피하고, 구석 자리에만 처박혀 있는 거. 한심하기도 하고, 답답하기도 하고."

미경이 어이없는 표정을 지었다.

"걔는 그냥 자기 할 일을 하고 있을 뿐이고, 허다온 같은 애들이 너한테 너무 들이대는 게 오히려 부적절한 거야."

이채는 잠깐 말문이 막혔다가 고개를 세차게 저었다.

"하지만! 나는 아이돌이잖아. 여기 있는 애들은 사실상 다 내 팬이고. 근데 팬들 사이에 분란이 있어. 팬들이 한 팬을 찍어서 괴롭혀. 그럼 그걸 그냥 내버려 둬?"

미경이 입을 열려 했지만 이채는 내처 말을 쏟아냈다.

"만약 내가 대면 콘서트를 연다고 쳐. 그런데 콘서트장에서 싸움이 나. 그럼 그걸 말리지 안 말려? 내가 호스트인데?"

"이채야."

미경이 엄하게 말했다.

"요즘 시대에 대면 콘서트 같은 건 열 일이 없겠지만, 만약 그런 일이 생긴다면, 네가 할 일은 현장 경호 요원들이 알아서 처리하도록 맡기는 거야. 네가 나서는 게 아니라."

이채는 그 말을 듣자마자 옳다는 것을 알았다. 그러나 납득할 수 없었다.

"왜?"

"무엇보다도 네가 위험해지니까. 그리고 너는 팬들의 사랑에 공평하게 보답해야 하고, 누군가의 편을 들어서는 안 되니까."

"이건 편을 드는 게 아니야. 옳고 그름의 문제지."

"아니, 이건 사적인 문제야. 하나같이 너를 사랑하는 사람들이니까."

사랑이라고?

사랑이 뭐지?

이채는 텅 빈 커피 캔을 구겨뜨렸다. 미경이 이채의 손에서 캔을 가져다가 쓰레기통에 버리며 말했다.

"너는 아까 허다온이 너한테 너무 간섭한다고 했지. 너야말로 여기 애들 생태계에 너무 간섭하지 않는 게 좋을 거야. 너는 결국 떠날 사람이야."

18

"이따가 말해줄게."

숲은 그 말을 계속 곱씹었다. 아니, 그 말 자체보다는 그 말이
들려온 순간을 곱씹었다. 귓가에 닿던 따뜻하고 촉촉한 숨결, 숨
소리가 섞인 낮은 음성, 귓불을 간질이던 머리카락. 팔에 소름이
돋았다. 귀에 뜨거운 물이 쏟아졌다가 다시 차가운 물이 쏟아진
것 같았다. 옛날에는 서울에서도 봄여름에 흔히 볼 수 있었다던
나비 한 마리가 귓바퀴에 내려앉았다가 떠난다면 이런 느낌일
까. 되새기면 되새길수록 그 감각은 흐릿해졌지만 그 순간 자신
에게 무슨 일이 일어난 건지 알 수 없는 점은 여전했다. 어떤 불
가사의한 일이 일어났고 그 일은 돌이킬 수 없었다.

이채가 창밖을 보며 무슨 생각을 했는지는 더 이상 중요하지
않았다. 아직 대답을 듣지 못했는데도 그랬다. 그보다는 '이따

가'가 언제일까에 대한 생각이 숲의 머리를 지배했다. 이따가. 이채가 다시 가까이 와줄 이따가. 이채가 다시 눈을 마주쳐 주고, 다시 말을 걸어주고, 다시 그 특유의 향기를 풍길 이따가.

바보가 된 것 같았다.

촬영하는 동안 숲의 신경은 온통 이채에게 쏠려 있었다. 감히 이채를 볼 엄두는 나지 않아서 내내 등지고 있었지만, 귀로는 이채의 말과 기척 하나하나를 들었다. 듣지 않으려 하는데도 들렸다.

"이채는 말라서 좋겠다. 나도 다이어트하려는데 잘 안돼. 어떻게 해야 돼?"

"방법이랄 게 있나. 그냥 적게 먹고 운동하는 거지 뭐."

"그래도 연예인들은 대체식보다 진짜 음식을 많이 먹잖아. 신선하고 영양소는 풍부하면서 칼로리는 낮고 맛은 있는 그런 음식 먹지 않아? 그러면 피부도 좋아지겠지?"

이채가 깔깔 웃었다.

"아니야, 나 가공식품 많이 먹어. 밭에서 갓 캔 양상추로 만든 샐러드나 막 잡아 올린 생선으로 뜬 회 같은 건 진짜, 진짜, 진짜 부자들이나 먹는 거고. 나는 건강에 나쁘고 살찌는 음식 자주 먹어."

"그래?"

"거짓말. 진짜 음식은 무조건 건강에 좋은 거 아냐? 대체식만큼 건강에 나쁘다고?"

"진짜야. 그런데 물론 맛은 있지. 그러니까 참기가 더 힘들어. 너도 연예인 되려면 각오해, 허다온. 다이어트하기 진짜 빡세."

"그러게, 그렇겠다. 나도 가끔 밥이랑 햄 먹으면 막 세 그릇씩 먹고 싶더라."

다온이 약간 도도하게 말했다.

숲은 다온의 속을 뻔히 알았다. 다온은 자신도 가끔은 진짜 음식을 먹을 수 있는 집안 딸이라는 것을 이채에게 과시하는 것이다.

인터넷에서 본 토크쇼에 따르면, 이채는 마트에서 가장 저렴하게 떨이로 나오는 대체식만 먹으며 자랐다고 했다.

다온도 그 쇼를 봤을까? 아니면, 보고도 모른 척하는 걸까?

"넌 지금도 날씬하니까 너무 걱정하지 마."

이채가 너그럽게 말했다.

숲은 답답했다.

감독은 이채와 친구 배역 아이들에게 아무 주제로나 자유롭게 대화하라고 시켰다. 정해진 대사 없이 자연스럽게 어울리는 모습도 담고 싶다는 이유에서였다. 그래서 거의 20분이나 대화를 나눴는데, 그 귀한 시간을 어떻게 고작 저런 화제로 흘려보낼 수 있나 싶었다. 다이어트 비결? 그런 게 중요한가? 만약 숲이었다면 그런 질문으로 시간을 허비하지 않았을 것이다. 가령…

가령.

생각을 하려고 하자 머릿속에 이채의 얼굴이 떠올랐다. 뾰로통하게 입술을 내밀던 얼굴. 저런 표정도 지을 수 있구나, 생각했다. "나한테 뭐 하고 싶은 말 없어? 궁금한 점이나?"라고 묻던 목소리. 그건 "옷은 좀 어때? 안 불편하니?"라고 물었을 때처럼 상냥하지는 않았다. 오히려 약간의 가시가 돋은 말이었다. 그런데도 숲은 그 가시가 좋았다. 따끔하게 찔리는 기분이, 마치 이국의 음료수처럼 중독적이었다. 또 듣고 싶었다. 자꾸자꾸 듣고 싶었다. 그리고 도톰하게 튀어나온, 선홍색의 립스틱인지 뭔지 모를 화장품을 바른 입술을 만져보고 싶었다. 끈적끈적할까? 촉촉할까?

미친 것 같았다.

이건 결코 유쾌하지 않았다. 어느 쪽이냐 하면 오히려 불쾌감에 가까웠다. 혼자서 이채의 음악을 들으며 이채를 상상하던 때가 더 행복했다. 그 시간 동안 숲은 숲으로 존재했고 스스로의 성역을 지킬 수 있었다. 애초에 그래서 이채를 좋아했다. 그런데 지금, 실제 이채를 열 발짝 너머에 두고 있는 지금은, 숲은 자기 자신이 도대체 무엇인지 알 수 없었다. 자기 자신이라는 것이 존재하지 않는 기분이었다. 이제까지 이채를 좋아하면서 고민하고 꿈꾸고 소중히 여겼던 것들이 갑자기 머릿속에서 날아가 버렸다. 진짜 이채가 숲의 머릿속 이채를 치우고 숲이 가꿔온 화단을 이리저리 뛰어다니며 짓밟아 놓았다.

무엇보다 당혹스러운 감정이 있었다. 처음에는 그 감정을 인지하지 못했다. 뭔가 낯설고 괴롭고 제어가 잘 되지 않는 기분이 든다 싶었다. 그러다가 교실 촬영이 끝나고 쉬는 시간이 되어 모두가 흩어지고 이채도 자기 숙소이자 차로 들어간 후, 숲 혼자서 평소에 종종 시간을 때우던 음악실에 들어가 피아노 앞에 앉고 나서야 마음이 선명히 손에 잡혔다.

그건 이채에 대한 미움이었다.

이채가 미웠다. 이채를 향해 이런 마음을 품으리라고는 상상조차 한 적 없는데, 정말로 그랬다. 왜냐하면 이채가 숲에게 친절한 만큼 다른 아이들에게도 친절하기 때문이었다. 다온에게, 성아에게, 은비에게, 준희에게 웃어주고, 칭찬해 주고, 격려해 주고, 어깨를 다독여 주기 때문이었다. 이런 게 질투일까? 질투라니? 어처구니가 없었다. 자신이 뭐라고 감히 질투를 하나? 하지만 숲은 이채가 자신에게 옷을 빌려주고, 뺨을 손등으로 어루만져 주고, 아프지 않냐고 걱정해 주고, 궁금한 점 있으면 물어보라고 말한 것이, 모두 자신을 특별하게 생각하기 때문이었으면

하고 바랐다. 오로지 숲에게만 베풀어진 선의이기를 바랐다. 하지만 사실은 그렇지 않았다. 이채는 뺨이 멍들고 신발을 잃어버린 채 눈앞에 나타난 것이 숲 아니라 누구였어도, 이를테면 다온이었어도 똑같이 도와줬을 것이다.

왜 그게 마음이 아프지? 주제넘게. 정말이지 말도 안 되게.

하지만 다이어트에 대한 질문이라니. 고작 그런 말이나 하다니.

숲은 그것보다 더 좋은 말을 이채에게 해주고 싶었다. 더 재미있고, 더 의미 있는 말을 들려주고 싶었다. 이채가 의례적인 미소가 아닌 진짜 미소를 짓게끔 해주고 싶었다.

숲은 심호흡을 했다. 그리고 고개를 세차게 흔들어 정신을 환기했다.

음악실은 숲이 쉬는 시간에 다온 무리를 피해 찾아오는 곳들 중 하나였다. 다른 아이들에게 주목받는 일은 하고 싶지 않기에 누군가가 음악실에 있을 때는 피아노를 치지 않았지만, 지금은 다행히 아무도 없었다. 아니, 아무도 없는 게 당연했다. 이채의 뮤직비디오를 촬영하는 학교에서 피아노나 뚱땅거리러 음악실에 숨어드는 애가 숲 말고 또 누가 있을까?

숲은 악보대에 태블릿을 올려놓고 건반을 눌렀다.

이채 생각을 멈추고 싶어서 이채의 노래가 아닌 다른 곡을 쳤다. 〈오버 더 레인보우〉였다. 1939년 영화 〈오즈의 마법사〉에 나온 옛날 재즈 노래. 중학생 때 처음 피아노반에 들어갔을 때 다장조라 배우기 쉽다고 선생님이 가르쳐 준 곡이었는데, 더 어려운 곡들을 소화할 수 있게 된 지금도 숲은 〈오버 더 레인보우〉를 좋아했다. 조금 쓸쓸하면서도 꿈꾸는 듯한 멜로디가 좋았다. 한 옥타브를 깡충 올라가는 첫 음이 그야말로 하늘 높이 무지개를 그리는 듯하고, 나중에는 멜로디가 짧은 간격을 사이에 두고 오르락내리락하는 것을 되풀이하면서 잔잔하게 물결치는 듯했다. 숲은 이 멜로디에 코드를 더 복잡하게 바꿔서 연주해 보는 것을 즐겼다. 그날그날의 기분에 따라 다른 결과물이 나오기도 했고, 지난번과 다르게 해볼 수는 없을까 하고 의식적으로 연구하는 것도 재미있었다.

지금은 연구는 하고 싶지 않았다. 숲은 충동에 손가락을 맡겼다.

역시 음악에 몰입하는 건 언제나 숲에게 도움이 되었다. 방향 모르게 이리저리 치닫던 기분이 잔잔히 가라앉았다.

그렇게 한 곡을 거의 다 쳤을 때, 문득 눈을 들어보니 음악실 문밖에 누군가가 있었다.

19

이채는 미경의 말에 수긍했다. 내키지 않았지만 인정할 수밖에 없었다. 이채가 다른 아이들 앞에서 숲에게 잘해주면 잘해줄수록 숲에게는 후폭풍이 닥칠 것이다. 어쨌든 이채는 미경 말마따나 '떠날 사람'이고, 여기는 여기의 '생태계'가 있으니까. 지난 세기 인류는 자연의 생태계를 너무 어지럽혔고 그 결과 지구는 쑥대밭이 되었다. 이채는 이 학교의 먹이사슬을 존중하고 있는 그대로 내버려 둬야 했다. 그게 아무리 못마땅해도.

어차피 무슨 대단한 정의감에서 나온 행동도 아니었다. 결국엔 호기심과 치기 때문이 아니었나. 신경이 좀 거슬려도 참아야지. 어차피 자신의 삶과는 아무 상관도 없는 사람들이었다.

하지만 약속은 지키고 싶었다.

이채는 다음 촬영 장소인 강당으로 가보았다. 아직 시작 시간인 2시까지는 30분 정도 남아 있어서 사람이 많지 않았다. 엑스트라 아이들이 몇몇 보였지만 그중에 숲은 없었다. 이채는 스태프들을 붙잡고 혹시 정숲이 어디로 갔는지 봤느냐고 물었다. 다들 고개를 저었다. 아이들에게 물어보면 더 빠를 수도 있겠지만 그건 '생태계'를 건드리는 일이 될 터였다. 어쩔 수 없이 이채는 학교 안을 이리저리 걸으며 숲을 직접 찾아다녔다. 미경이 뒤를 쫓아다니며 그만두라고 잔소리를 했지만 이채는 듣지 않았다.

"이따가 말해주겠다고 했으니까 말은 해줘야 할 거 아니야."

대기실로 쓰이는 교실, 아까 촬영했던 교실을 모두 들렀지만 숲은 없었다. 화장실에도 안 보였다. 숲이라면 다른 아이들이 없을 만한 곳에서 쉬고 있을 듯했다. 이채는 복도를 걸으며 빈 교실들을 기웃거렸다.

그러다가 피아노 소리를 들었다.

뭔가 익숙한 음악이다 싶었다. 어디서 많이 들어본 것 같은데, 분명 아는 곡인데, 정확히 기억나지 않았다. 연주가 아주 매끄럽지는 않아서 중간중간 끊겼다가 다시 이어지는 통에 더더욱 기억을 떠올리기가 어려웠다. 이채는 연주를 방해하지 않으려 발기척을 줄이고 음악실로 향했다.

살그머니 문틈을 들여다보니, 피아노 앞에 숲이 앉아 있었다.

어쩐지 봐선 안 될 것을 본 듯해 고개를 홱 뺐다. 그런데 다시 생각하니 보면 안 될 이유가 뭐 있나 싶었다. 그리고 무엇보다,

보고 싶었다.

이채는 미경에게 다른 데로 가라고 손짓했다. 미경은 어이가 없는 듯 눈을 굴리면서도 뒤돌아 걸어갔다. 그러고는 바로 옆의 빈 교실로 들어갔다. 이채에게 무슨 일이 생기면 언제든 달려올 수 있을 만큼 가까운 거리에서 대기하려는 것이었다.

이채는 다시 음악실 문으로 고개를 빠끔히 내밀었다.

낡은 업라이트 피아노 너머 숲의 이마가 보였다. 흰 이마가 피아노 뚜껑 위로 오르락내리락 까닥거렸다. 그에 따라 숲의 눈이 보이다 말다 했다. 그 눈가에 미소가 어려 있었다. 잘못 봤나 했는데 분명히 웃는 눈이었다.

지금까지 본 숲은 무표정하거나 난처해하거나 울먹거리는 모습뿐이었는데. 저런 웃음도 지을 수 있구나. 평화롭게 가늘어진 두 눈. 입은 어떤 모양을 하고 있을까 궁금해졌다.

연주는 완벽하지 않았다. 피아노가 조율이 잘 안된 듯 드문드문 듣기 싫은 쇳소리가 났고, 숲은 이따금 건반을 잘못 짚고선 틀린 부분을 다시 쳤다. 그런데 틀렸는데도 딱히 신경질을 내지는 않았다. 숲은 그저 그 과정을 즐기는 듯, 내내 은은한 미소를 띤 채, 어린아이가 장난치듯 이 음 저 음을 눌러보며 연주를 계속하고 있었다. 이채는 조금 놀랐다. 자신이 노래나 춤을 연습할 때의 태도와는 너무 달랐기 때문이다.

아니, 최근 몇 년간 본 그 어떤 연주와도 달랐다. 남들에게 내보일 준비가 되지 않은 상태의 연주를 보는 것도 오랜만이고, 가상현실이 아닌 연주를 보는 것도 오랜만이었다. 지금 이 연주가 물리적으로 이채가 서 있는 곳에서 열 발짝 남짓한 거리에서 이루어지고 있다는 것이 신기했다. 지금 이채가 모습을 드러낸다면 놀란 숲은 연주를 멈출 것이다. 아예 멈춰버릴 수도 있고, 잠깐 멈췄다가 다시 시작할 수도 있다. 이채가 다가가서 건반을 누른다면 또 다른 소리가, 아마도 불협화음이 날 것이다. 숲은 이채를 막을 수도 있고, 이채에게 자리를 양보할 수도 있고, 아니면 꿋꿋하게 하던 연주를 계속할 수도 있을 것이다. 그러면 또 불협화음이 날 것이고, 어떤 식으로든 원래의 연주는 끊길 것이다… 무궁무진한 경우의 수가 있고 그중 많은 것이 이채에게는 다분히 폭력적으로 느껴졌다. 어떻게 이런, 타인의 위력에 취약한 연주가 연주일 수 있지? 심지어 저 연주는 이채의 위력을 손짓해 부르기까지 하는 듯했다. 타인의 모든 영향력이 차단되는 견고하고 완전한 가상현실과는 달랐다. 연약함이란, 불완전함이란 폭력에 맞설 힘이 없는 것을 넘어서 차라리 폭력을 불러일으키는 성질 같았다. 하지만 이상한 점은 그렇기 때문에 도리어 이채가 감히 숲 앞에 나설 수 없다는 점이었다. 자신에게 그럴 힘이 있다는 것을 알면서도, 아니 알기에 차마 저 연주를 중단할 수 없었다. 이채는 새끼를 낳는 암캐를 건드리지 않는 것처럼 숲을 내버려 뒀다.

숨을 죽였다.

그런데 그 순간, 눈이 마주쳤다.

소리가 뚝 끊겼다. 숲이 피아노 앞에서 일어섰다. 내내 가려져서 보이지 않았던 입과 턱이 피아노 위로 달처럼 떠올랐다. 그 입은 당연하게도 웃고 있지 않았다. 살짝 벌어져 있었고 입꼬리는 굳어 있었다.

이채는 당혹감에 휩싸인 채 음악실 문간으로 몸을 완전히 드러냈다.

"…미안해, 엿보려던 건 아니었는데."

숲은 사태 파악이 안 되는 듯 멍하니 이채를 바라보았다.

"걸어오는데 연주가 들리길래. 더 듣고 싶어서, 그래서 듣고 있었어."

이채는 주절주절 변명하듯 말하는 게 싫었지만 그래도 정확히 말해야겠다 싶어서 덧붙였다.

"사실 널 찾고 있었어."

그 말에 숲은 정신을 차린 듯 눈을 크게 떴다.

"저를요?"

"그래, 아까 따로 이야기하자고 했잖아."

"아…"

숲이 복잡한 표정을 짓더니 고개를 끄덕였다.

"네. 죄송해요. 절 찾게 만들었네요, 제가 차로 찾아갈걸…"

"네가 사과할 일 아니야. 전혀."

이채는 날카롭게 잘라 말했다.

"그렇군요."

숲은 고개를 수그린 채 피아노 뒤에서 걸어 나오며 주섬주섬 마스크를 꺼내 썼다. 이채를 제외한 촬영진은 모두 부득이한 경우 외에는 마스크를 쓰는 것이 원칙이었고 숲은 그 규칙을 충실히 지키는 것뿐이었지만 이채는 어쩐지 서운했다. 저 입이 웃는 건 언제 볼 수 있을까?

숲은 의자들 중 하나에 앉아서 선생님의 말을 듣는 학생처럼 유순하게 기다렸다. 그 모습이 좀 우스워서 이채는 미소가 나오려는 걸 참았다. 이채는 그 옆 의자에 앉았다. 의자 간 간격은 두 발짝 정도였다.

"말하기 전에 나도 궁금한 거 있어."

"뭔데요?"

"너, 괴롭힘당하고 있지?"

숲이 딱딱하게 굳었다.

둘 사이에 침묵이 흘렀다. 하지만 길지는 않았다. 숲은 이내 체념한 표정을 지으며 고개를 모로 떨어트리더니 시니컬한 목소리로 되물었다.

"알면서 왜 물어요?"

"내가 궁금한 건…"

이채는 마른 입술에 침을 바르고 말을 이었다.

"내가 다른 애들 앞에서 너를 두둔하는 게 좋겠어, 모르는 체하는 게 좋겠어?"

숲은 다시 고개를 들었다. 생각도 못 한 질문을 들었다는 표정이었다.

"내가 너를 잘 대해주면 너를 오히려 곤란하게 할 것 같기도 해서, 조심스러워서 그래. 나는 너에게 나쁜 영향을 주고 싶지 않아. 이번 촬영이 다른 아이들만큼이나 너에게도 좋은 경험으로 남기를 바라."

이채는 아이돌답게 우아한 미소를 지어 보였다.

"내가 너를 도와줄 방법을 알려줬으면 해."

이채는 숲이 대답을 고민할 줄 알았다. 그런데 뜻밖에도 숲은 뜸 들이지 않고 냉큼 말했다.

"저한테는 이 촬영에 참여하는 것 자체가 이미 각별한 경험이에요. 걔네가 어떻게 생각하든, 무슨 짓을 하든, 저한테 그 사실은 변하지 않아요."

결연하기까지 한 숲의 태도는 여전히 조금 우스꽝스러운 데가 있었다. 하지만 이제 웃음이 나오지는 않았다. 이채는 똑같이 진지하게 맞받았다.

"뭐가 그렇게 각별한데?"

그 질문을 하는데 은근히 설렜다.

숲에게서 찬사를 듣고 싶었다. 이채를 너무너무 좋아한다는, 실제로 보니 너무너무 예쁘다는 말을 듣고 싶었다. 이채를 보려고, 바로 그 목적을 위해, 괴롭힘당할 위험조차 감수하고 여기까지 왔다는 말을 듣고 싶었다. 당연하게도 이채는 칭찬을 좋아했다. 사랑한다는 말을 듣기를 좋아했다. 그것은 마치 음식과도 비슷해서 중독적이었고 들으면 기분이 좋았지만, 얼마 못 가 효과가 떨어졌고 너무 많이 들으면 심드렁해졌다. 그걸 알면서도 늘 원했다. 게다가 숲의 태도에서는 투박하고 순수한 진심이 배어나서, 숲의 찬사는 다온 같은 애들의 잘 다듬어진 손톱 같은 찬사보다 더 듣기 좋을 것 같았다. 효과도 더 오래갈지도 모른다.

"저는…"

숲이 숨을 들이쉬더니 잠시 말을 골랐다.

"선배는… 선배가 저한테 어떤 의미인지 모르실 거예요. 그리고…"

이채는 참을성 있게 기다렸다.

"…설명해도 이해 못 하실 수도 있어요."

이쯤 되니 좀 짜증이 났다.

'이제 다른 아이들도 없잖아. 뭘 두려워하는 거야?'

하지만 내색하지 않았다. 숫기 없는 팬을 대하는 데에는 이골이 난 이채였다.

"이해하려고 노력할게."

그 말에 숲은 이채의 얼굴을 5초쯤 가만히 들여다보더니, 아주 작은 목소리로 속삭이듯 말했다.

"선배는, 강한 사람이에요."

생각지도 못한 말에 이채는 "어?" 하고 되물었다.

"다른 사람들은 몰라도, 전 그렇게 생각해요. 선배가 얼마나 강한지. 그 강함이… 저를 버티게 해줬어요. 힘들 때도 선배 노래를 들으면 저 또한 강해질 수 있었으니까요. 그러니까 저는… 선배에게 은혜를 입은 것 같아요. 이제 이 뮤직비디오에 참여할 수 있어서, 선배의 음악에 기여할 수 있어서, 은혜를 갚을 수 있어서 기뻐요."

이 이야기를 소화하는 데에는 약간의 시간이 필요했다.

이채는 자신을 수식하는 온갖 찬사를 들어봤지만, 강하다는 표현은 처음 듣는 것 같았다. 적어도 기억에는 없었다. 아이돌로서만이 아니라, 데뷔 전 시절을 통틀어도 들어본 기억이 없는 말

이었다. 그리고 이채 자신도 강해지고 싶다고 생각해 본 적이 없
었다. 예뻐지고 싶다거나, 더 잘하고 싶다거나, 더 사랑받고 싶
다고 생각해 왔을 뿐, 강해지는 것은 이채의 목표가 아니었다.
그래서 숲의 말을 어떻게 받아들여야 할지, 또 어떻게 반응해야
할지 언뜻 감이 잡히지 않았다. 하지만 칭찬인 것은 분명하니 일
단 고맙다고는 해야 할 것 같았다.

"고마워."

이채는 가볍게 소리 내어 웃었다. 그런데 그 웃음이 자신의 귀
에도 공허하게 들렸다. 이채는 헛기침을 했다.

숲은 민망한 듯 시선을 피하고 있었다.

망한 팬미팅이 되어가고 있는 기분이었다.

"음, 그런데 나보다 강한 사람은 많지 않아? 운동선수라든지,
대통령, 군인…"

"다르죠. 선배는 겉보기에는 여린 것 같은데 속으로는 강한 거
잖아요. 그 점이 좋은 거예요."

이건 또 무슨 소리지?

희한한 아이였다. 이채의 겉과 속을 구분하고서 자신은 그 속
을 들여다볼 수 있기라도 한 것처럼 말하고 있었다. 이채는 자신
의 속이 어떤지 스스로도 모르는데.

하기야 아이돌을 향해 별 과대망상을 하는 사람이야 많고도

많다. 가상현실 팬미팅에서 만난 이채가 자신을 진심으로 사랑한다고 믿는 어떤 남자들에 비하면야 이 정도는 가벼운 축이었다.

그런데 이상한 점은, 숲의 말이 허튼소리로만 들리지는 않는다는 것이었다. 처음에 기대했던 것처럼 듣자마자 짜릿한 기쁨이 느껴지는 찬사는 아니었지만, 사실 그대로를 말하는 듯 단호한 숲의 말투에는 알 수 없는 설득력이 있었다.

'그런가? 나 강한 사람인가?'

이채는 그 의문을 머릿속으로 곱씹었다.

20

믿기지 않는 상황이었다.

이채와 단둘이 있었다. 평생 만날 수 있으리라고는 상상도 못한 이채가 숲의 학교에 찾아온 것만도 놀라운 일인데, 이제는 불과 두 발짝 옆에, 단둘이 있었다. 그것도 모자라 숲의 어려움을 안다며 도와주겠다고 말하기까지 했다.

괴롭힘당하고 있느냐는 질문을 들은 순간에는 수치심이 들었다. 그렇게 숨기려고 애썼는데, 넘어졌다고 둘러대고 아무렇지도 않은 척했는데, 다 티가 났구나. 다 소용없었구나. 뻔히 보이는 걸 감추려고 한 자신의 노력이 얼마나 처량해 보였을까 싶었다. 하지만 그런 숲을 어떻게 하면 도울 수 있느냐고 묻는 말을 듣자, 5분 전까지 이채에게 느꼈던 미움과 불쾌감이 눈 녹듯 사라졌다.

선배, 선배는 이미 저에게 도움이 되었어요. 선배가 제게 얼마나 큰 도움이 되었는지 말로 다 설명할 수 없어요. 선배가 없었더라면 저는 지금 이 자리에 없었을지도 몰라요. 살아서 이렇게 선배와 대화할 수 있다는 게 얼마나 행복한 일인지 몰라요. 행복이 무엇인지 지금까지는 몰랐던 것 같아요. 아니, 어쩌면 선배 덕분에 그리고 선배의 음악 덕분에 오래전부터 행복을 알았던 것 같아요. 그 행복이 저를 쭉 키워주었고 이제야 그 의미를 발견했다고 해야 할 거예요. 하지만 선배는 알 필요도 없고, 알 수도 없겠지요. 선배처럼 찬란하게 빛나는 사람이 이런 시궁창에서 건져낸 행복의 의미를 뭐 하러 알아야 하겠어요? 저는 선배의 빛에 대해 말하고 싶어요. 선배가 어떤 연료로 어떻게 타올라 빛을 발산하는지 지켜보고 싶어요. 그 빛에 얼굴과 손을 쬐고 싶어요. 저 때문에 괜히 신경 쓰지 말아요, 선배가 해야 할 수많은 일들 가운데 제 문제는 먼지 한 톨에 지나지 않는걸요…

　이런 말을 다 할 수는 없었다.

　그래서 할 수 있는 만큼만 이야기했다. 이번에는 아까 교실에서처럼 머릿속이 하얘지지는 않았다. 주변에 다른 아이들이 없어서 편하기도 했고, 이채가 자신의 처지를 이미 안다고 생각하니 말하기가 수월했다. 솔직한 생각을 그대로 털어놓아도 괜찮겠다는 느낌이 들었다.

　"선배는 겉보기에는 여린 것 같은데 속으로는 강해요."

이채는 숲의 말을 찬찬히 생각하는 듯했다. 언뜻 이해되지 않는지 그 의미를 되묻기도 했다.

이런 말을 처음 들어보는 걸까? 이채에게 이런 말을 해주는 사람이 아무도 없었던 걸까?

어떻게 그럴 수 있지?

이상하면서도 한편으로는 뿌듯했다. 기억에 남을 만한 말을 한 것 같았다.

"고마워. 내가 너한테 힘이 됐다니 기쁘네."

이채가 웃으면서 말했다.

"솔직히 말하면… 이건 네가 아까 촬영 때 했던 질문에 대한 대답이기도 한데. 나도 학교 다닐 때, 쉽지는 않았거든. 물론 너와는 다르겠지만."

숲은 이채가 하는 말이 머리에 잘 들어오지 않았다. 자신이 이채에게 한, 그리고 채 못다 한 말들이 심장을 울려서 귀가 먹먹했다. 숲은 억지로 신경을 곤두세웠다.

"쉽지 않았다고요?"

"응. 나를 싫어하는 애들이 있었어."

그 말에야 정신이 들었다.

"네?"

"뭐야, 그 표정은?"

이채가 피식 실소를 흘렸다.

"당연히 나도 사람인데, 모두가 나를 좋아하지는 않지. 지금 인터넷에만 봐도 나 싫어하는 사람 많은데."

"그건… 연예인들한테 으레 들러붙는, 자기 인생 꼬인 걸 남한테 풀려고 드는 미친놈들이고요."

숲은 자기도 모르게 열을 올렸다가 목소리를 반쯤 낮췄다.

"선배는 인기가 많은 줄 알았는데요. 우리는 다 그렇게 알고 있었어요, 선배가 학창 시절부터 스타였다고."

"그래, 솔직히 인기는 좀 있었지만, 그만큼 적도 있었어. 주로 여자애들."

"아…"

"자기가 좋아하는 남자애를 내가 빼앗았다고 지랄하는 애도 있었고, 내가 남자 선생한테 꼬리 친다고 헛소문 퍼뜨리는 애도 있었고, 내가 몸을 막 굴린다느니, 창녀 짓을 한다느니…"

숲은 머리가 아찔해졌다. 상상도 못 한 이야기였다. 이런 이야기를 들어도 되는 걸까?

"아까 촬영할 때, 그때 일들이 생각나서 좀… 쓴웃음이 났다고 할까. 집중이 잘 안됐어. 이 뮤직비디오는 내가 좋아하는 남자애를 상대로 수줍게 설레고, 친구들은 나를 응원해 주고… 그런 스토리잖아. 하지만 내 경험은 그렇지 않았으니까."

숲이 아무 말도 못 하고 어물거리기만 하자 이채가 눈썹을 추켜올렸다.

"몰랐구나. 이런 소문도 팬들은 어느 정도 알던데. 인터넷에 떠도는 이야기에 일일이 반박하고 다니기도 하고."

"저는… 잘 몰랐어요. 인터넷을 잘 안 해서요."

"뭐? 되게 옛날 사람 같은 말이다."

이채가 깔깔 웃었다.

"저… 사실 가상현실 저항증이 있어요."

숲은 불쑥 내뱉었다.

어떻게 이런 말이 쉽게 나왔지? 이채의 솔직한 고백에 자신도 뭔가 되돌려 줘야 한다는 기분이 들었던 것도 같았다. 하지만 말해놓고 나니 주워 담고 싶어졌다.

이채의 얼굴이 굳었다. 그 입에서 말이 나오기까지는 몇 초 정도의 공백이 있었지만, 체감상 몇 분은 흐른 듯했다.

"알고 있었어."

그 말을 듣자마자 숲은 직감했다. 허다온이 알려줬구나.

"…네. 다온이가…"

"신경 쓰지 마. 걔한테 별말 못 들었어. 그냥 네가 가저증자라고만 했어."

"그런데… 그런데도 괜찮으신 거예요. 저하고 대화하는 게?"

그 말을 하는데 마음속에서 비웃는 소리가 들렸다.

괜찮을 리가 있나. 당연히 이채는 괜찮다고 하겠지. 아이돌이니까. 누구에게나 친절해야 하니까. 그래서 숲에게도 친절하게 대하는 것뿐이다. 하지만 속으로는 진저리를 치고 있을 것이다. 가상현실 뮤직비디오 한 번 본 적 없는, 심지어 인터넷도 잘 안 하는 야만스러운 가저증자 따위가 팬을 자처한다고. 숲과 말을 섞다가 가저증이 옮기라도 하면 어쩌나 걱정하고 있을지도 모른다. 그러면서도 겉으로는 미소를 짓느라 얼마나 고역일까? 그만큼의 고역까지 감수해 가면서 공들여 숲을 위하는 척해야 할 필요는 또 뭘까? 놀리는 걸까? 미리 숲의 발표 자료를 조작하는 정성까지 들였던 아이들처럼? 숲에게 실망과 좌절을 안기려고?

생각이 극단으로 치닫고 있음을 알면서도 주체가 되지 않았다. 이채의 대답을 듣기 전에 자리를 박차고 나가고 싶어졌다. 그런데 이채는 괜찮다고도, 괜찮지 않다고도 대답하지 않았다. 다만 이렇게 말했다.

"나는 오히려 네가 가저증자라는 걸 알고서 더 대화하고 싶어졌는데. 왜냐하면, 궁금했거든. 너는 내 가상현실 뮤직비디오나 무대를 보지도 못했으면서, 어떻게 나를 좋아할 수 있었어? 내가 강하다는 걸 어떻게 알 수 있었어?"

힐난하는 걸까? 좋아할 자격도 없으면서 어떻게 좋아하냐고?

하지만 이채의 얼굴은 순수한 호기심을 띠고 있었다.

가상현실로 봐도 이런 표정이, 눈빛과 입매와 눈썹 근육에서 배어나는 감정 하나하나가 보일까? 정말로 그럴까?

알 수 없었다. 어떻게 알겠는가? 숲은 다만 자신에게 보이는 것과 들리는 것에 집중하는 수밖에 없었다. 솔직하게 맞닥뜨리는 수밖에 없었다. 설령 그 뒤에 찾아오는 것이 실망이나 좌절이더라도.

"음악이 있으니까요."

21

그때 미경이 음악실 문간으로 고개를 내밀고 시간이 다 됐다고 알렸다. 숲은 난데없이 나타난 미경을 보고 도둑질을 하다가 들킨 듯한 표정을 지었다. 이채는 그 얼굴이 바보 같다고 생각했다.

아니, 총체적으로 숲이 바보 같다는 생각이 들었다.

음악을 들으면 알 수 있다고? 음악만 듣고 좋아한다고? 그건 발가락만 보고 사람을 좋아한다고 말하는 것처럼 들렸다. 물론 이채는 노래하기를 좋아했고 노래를 잘 부르려 노력했다. 사람들은 인공지능이 아닌 이채의 '진짜' 노래에 감탄했고 라이브 실력 역시 아이돌을 평가하는 기준 중 하나이긴 했다. 하지만 궁극적으로 중요한 것은 이채가 예뻐야 한다는 것, 예쁨으로써 사랑받고 돈을 번다는 것이었다. 춤과 노래는 이채의 예쁨을 수식했고 더 나아가 완성했다. 춤은 이채의 몸매와 분위기를 돋보이게하기 위해 존재했다. 노래는 이채의 목소리를 강조했으며 가사는 이채의 예쁨에 사연과 당위를 부여했다. 사람들은 이채가 예뻐서 좋아했다.

그런데 숲은 이채의 예쁨이 보이지 않는 사람처럼 말하고 있었다. 다른 아이들은 다 이채를 보자마자 예쁘다는 감탄부터 쏟아내는데, 숲은 이제껏 그런 말은 한마디도 하지 않았다. 어떻게 그럴 수가 있지?

다음 촬영 장소인 강당으로 미경과 함께 셋이서 걸어가는 동안 이채는 숲을 흘끔거렸다. 숲은 시선을 바닥에 떨어트린 채 걷고 있었다. 이채와 시선을 마주치기 어색해서 그런다기보다는, 무언가 생각에 잠긴 눈치였다. 이채는 그런 숲에게 대놓고 말하고 싶었다. 나를 보라고. 너는 내 조그마한 얼굴과 커다란 눈이 안 보이냐고. 교복 위로 도드라진 가슴과 그에 대비되게 잘록하게 들어간 허리가 안 보이냐고. 치마 밑으로 뻗어 내려간 매끈한 다리와 가느다란 발목이 안 보이냐고. 밤물결처럼 반짝거리며 어깨 위로 쏟아지는 머리카락이 안 보이냐고. 이 얼굴을, 이 몸매를, 이 머리카락을 만들고 유지하기 위해 얼마나 많은 시간과 돈과 에너지를 들였는데, 어떻게 한마디 언급조차 없을 수 있나? 이건 아이돌의 문제를 넘어서, 여자애들 사이의 예의를 어기는 처사였다. 오랫동안 따돌림을 당해서 그런 규칙을 모르는 걸까? 그럴지도 모른다. 숲은 어쩐지 남자애 같았다. 예쁜 여자를 어떻게 대해야 하는지 모르는 남자애.

그런데 이상했다. 숲에게 섭섭하면서도, 한편으로는 묘하게
기분이 좋았다. 다른 무엇보다 이채의 음악에 주목하는, 혼자서
조용히 웃으며 피아노를 칠 줄 아는, 이채더러 예뻐서가 아니라
강해서 좋다고 하는 숲이 싫지 않았다.

강당에 거의 다 왔을 때 숲이 "저…" 하고 입을 열었다. 이채
는 선수를 쳤다.

"너 먼저 들어갈래? 나는 미경 언니랑 얘기 좀 하다 들어갈게."

이채와 숲이 나란히 같이 들어가면 쓸데없는 이목을 끌 게 당
연했다. 숲을 배려하기 위한 제안이었다.

숲이 고개를 끄덕였다.

"고마워요, 선배."

이채는 싱긋 웃으며 말했다.

"아까까지 우리 얘기한 거, 비밀이야."

물론 숲의 반응은 다온과 달랐다. 숲은 이채와 비밀을 나눴다
는 데 흥분해서 눈을 빛내는 게 아니라, 책임감을 느끼는 듯 진
지한 표정으로 마른침을 삼켰다.

"알아요."

숲이 고개를 끄덕이며 그렇게 말하고는 먼저 강당으로 들어
갔다.

좀 귀엽네, 그런 생각이 들었다.

강당 촬영이 오늘의 마지막 촬영이었다. 이번 신에서 담는 것은 합창 대회다. 이채의 반 아이들이 함께 무대에 올라 합창을 한다. 노래는 고리타분한 가곡. 아이들은 뻣뻣한 자세로 대열을 이루고 서서 지휘자의 손짓에 따라 입을 벙긋거린다. 그 와중에 이채는 '곰돌이'를 흘끔거린다. 곰돌이는 야속하게도 지휘자만 똑바로 쳐다보며 열심히 노래하고 있다. 그러자 이채는 또 엉뚱한 상상에 빠져든다. 아이들을 밀어제치고 앞에 나서서 발랄한 솔로를 부르는 것이다. 상상 속 이채는 곰돌이를 향해 윙크하며 〈만나자, 지금〉을 열창한다.

만나, 만나, 만나자, 지금
너를 만나러 가려고 옷장을 뒤엎어 완벽한 원피스 찾아
그 옷에 딱 맞는 립스틱
립스틱에 딱 맞는 구두를
이 마법과 함께 예감이 좋아

만나, 만나, 만나자, 지금
너를 만나러 가는 길 심장이 뛰고 있어 저 높이, 꼭 무지개처럼

넌 무슨 옷을 입었을까

어떤 표정으로 돌아볼까

저 모퉁이를 돌면 그곳에는 바로

너야

곰돌이를 가리키며 이채가 노래를 맺으면, 곰돌이는 사랑에 빠진 듯 가슴을 부여잡으며 쓰러진다.

개요는 그랬다.

그런데 이 신의 또 다른 의의는, 이채가 〈만나자, 지금〉을 팬들에게 처음 선보이는 자리나 마찬가지라는 점에 있었다. 아이들도 이채의 노래를 실제로 듣는 것을 기대하고 있었다. 이채는 약식으로 공연을 한다고 생각하고 임했다.

카메라 앞이 아닌, 수십 명의 사람들 눈앞에서 노래하는 것은 데뷔하고 나서는 처음이었다. 긴장될 줄 알았는데 생각보다는 그렇지 않았다. 이 학교의 학생이던 시절, 강당에서나 교실에서 곧잘 앞으로 불려 나가 아이들 앞에서 노래하고 춤췄던 기억이 떠올랐다. 그때마다 남자애들의 시선을 만끽했던 기억도. 그 애들의 눈길이 자신의 몸을 훑는 것을 촉각처럼 선명하게 느꼈던 것도.

그런데 지금은 좀 달랐다.

이채는 남자애들이 아닌 숲을 의식했다. 자신을 열띠게 바라보는 숲의 눈을. 숲이 자신의 노래에서 무엇을 느낄지, 무슨 생각을 할지 궁금해하며 한 소절 한 소절 불러나갔다. 곰돌이가 있다고 가정된 빈자리를 향해 노래하면서 곁눈으로는 숲을 보았다. 그러자니 이제까지는 별 의미를 두지 않았던 노랫말 한 마디 한 마디가 새삼스럽게 와닿았다. 립스틱을 바르고 구두를 신고 현실에서 누군가를 만나러 나가는 행동을 낭만적으로 여기는 사람들을 공략하는 가사, 이채가 자신을 만나러 와주기를 꿈꾸는 남자들의 마음을 사로잡는 가사. 그렇게만 생각해 왔는데, 지금은 새롭게 감정이 부풀었다.

만나, 만나, 만나자, 지금

어떤 만남은 정말 설렐 수 있다. 그리고 이런 시대에 누군가와 물리적으로 만난다는 것은 기적일 수 있다. 그 기적이, 그 기적에 대한 희망이 어떤 사람의 삶을 지탱해 줄 수도 있다. 무너지려던 사람을 일으켜 세우고 힘을 불어넣어 줄 수도 있다. 그런 음악을 할 수 있다는 것은 음악가에게도 행운일 것이다.

그런 생각을 하며 첫날 촬영을 마쳤다.

너
라는
이름의

빛

22

아무도 나를 사랑하지 않는 것 같을 때
세상에 혼자 남은 내가 나를 미워할 때
네가 남긴 사랑이 나를 일으켜
너와의 기억이 이 거리를 밝혀

내 안의 빛은 아무도 꺼뜨리지 못할 거야

네가 준 믿음이 나를 감싸줘
너와의 기억이 저 하늘을 밝혀

내 안의 빛은 아무도 꺼뜨리지 못할 거야

그날 저녁, 엄마가 던지는 "그래서 촬영은 어땠니?", "너 얼굴이 왜 그래?", "그 신발은 웬 거야?" 등등의 질문에 "나 바빠!"라고 받아치고서 숲은 방에 틀어박혔다. 그리고 태블릿의 작곡 프로그램을 켰다.

집에 오는 길 내내 〈너라는 이름의 빛〉 편곡에 대해 생각했다. 처음에는 기분이 좋아서 노래를 흥얼거렸고, 그러다 보니 새로운 아이디어가 떠올랐다. 아이디어를 얼른 시험해 보고 싶었다.

〈너라는 이름의 빛〉은 마이너 코드에 메이저가 섞여 있는 곡이었다. 전체적으로 슬픈 분위기에 드문드문 밝은 햇살이 번졌다. 그 결과 슬픔은 밝음에 대비되어 더 슬퍼지고, 밝음은 슬픔에 대비되어 더 밝아졌다. 숲은 그 대비를 사랑했고, 이제까지 곡을 수정해 보면서도 그 기본적 구조를 건드릴 생각은 하지 않았다. 결과적으로 원곡에서 크게 벗어나지 않으면서 원곡을 능가하지도 못하는 결과물이 나오곤 했다.

그런데 슬픔과 밝음이 얽히는 방식을 바꿔본다면 어떨까? 원곡에서 슬픔과 밝음은 서로 겹치지 않고, 다만 시간의 흐름에 따라 서로 위치를 바꾸며 등장했다. 그 방식도 좋았지만, 숲은 슬픔과 밝음이 한 시공간 안에 공존하는 방식을 시도해 보고 싶었다. 왜냐하면 이채가 그런 사람이었기 때문이다.

이채는 힘겨운 10대 시절을 보냈다. 짧게 한 이야기였으니 미처 못 꺼낸 이야기는 더 많을 것이다. 숲은 막연히 이채도 슬픔을 아는 사람이라고, 그러니까 이런 노래를 만들고 또 부를 수 있는 거라고 확신했지만, 그 슬픔이 구체적으로 어떤 것일지는 상상하지 못했다. 그런데 오늘 그 단면이나마 알게 된 것 같았다. 이채는 사람들의 음해와 비난과 질투에 시달렸고 심지어 지금까지도 그런 고난을 겪고 있었다. 숲은 아무도 자신을 좋아하지 않는 외로움과 모멸감에만 익숙했다. 미움받는다 해도 누군가 사랑해 주는 사람이, 편이 되어주는 사람이 있다면 괜찮지 않을까 생각했다. 하지만 이채를 보니 그렇지 않았다. 사랑해 주는 사람이 아무리 많아도 미움받는 건 여전히 힘든 일이었다. 오히려 사랑을 받는 만큼 그 사랑을 질투해 미워하는 사람도 있을 수 있었다. 사랑과 미움은 서로를 상쇄해 주지 않았다. 진실은 그보다 더 복잡했다. 숲은 이채의 복잡성을 표현해 보고 싶었다.

게다가 이채의 목소리는…

오늘 숲은 이채의 노래를 실제로 들었다. 그건 놀라운 경험이었다. 스피커로 들을 때하고는 달랐다. 더 거칠고 힘찼으며 긴장감과 생기가 가득했다. 어떻게 사람에게서 저런 소리가 나오지 싶으면서도, 한편으로는 다른 무엇도 아닌 사람의 몸에서 나오는 소리라는 것이 실감났다. 어디에서 숨을 들이쉬는지, 혀를 어떻게 움직이는지, 성대의 미세한 떨림이 어떤 음색을 자아내는지, 어떻게 음과 음 사이를 헤쳐 나가는지가 느껴졌다. 〈만나자, 지금〉이 이전 타이틀곡들보다 템포가 빠른 곡이라는 점도 한몫 했다. 이채의 목소리는 음정의 가파른 기복과 숨 가쁜 비트 위를 질주했다.

가슴이 벅찼다. 그 목소리를 입을 멜로디들을, 수많은 음이 만들어 내는 경우의 수를 생각하면 더더욱 벅차올랐다.

숲은 지금까지 만들었던 〈너라는 이름의 빛〉 편곡 버전들을 불러왔다. 딱히 잘 만들었다고 생각하지는 않는, 그저 재미있는 실험 정도로 생각했던 곡들이었다. 그런데 지금은 달랐다. 좋은 결과물을 만들고 싶었고, 실제로 그렇게 할 수 있을 것 같다는 확신이 들었다.

숲은 이 버전, 저 버전에 흩어져 있는 아이디어들과 소스들을 가져다 새로운 파일에 합쳤다. 벌스 부분의 코드 몇 군데에 모달 인터체인지를 과하지 않게 넣고, 곡 속도를 빠르게 높이고, 비트를 깔았다. 알맞은 비트를 찾는 데에 시간이 좀 걸렸지만 하우스 스타일이 괜찮을 것 같다는 결론이 나왔다. 그리고 부드러운 신스로 멜로디를 얹었다. 멜로디에 수정이 많이 들어가서 전체적으로 아예 다른 곡처럼 느껴졌다. 하지만 원곡의 슬픔과 밝음은 그대로 살아 있었다.

이만하면 됐다 싶었을 때 시계를 보니 3시간이 훌쩍 흘러 있었다.

숲은 다 만든 곡을 들어보았다. 전체적으로 마음에 들었다. 하지만 긴가민가했다. 숲은 자작곡을 누군가에게 들려준 적이 한 번도 없었고, 애초에 자신이 만든 것들이 자작곡이라는 의식조차 없었다. 그래서 이것이 잘된 결과물인지 아닌지 평가할 수 있는 기준이 없었다. 하지만 지금은 평가를 받고 싶었다. 누구에게?

생각나는 사람은 한 명뿐이었다.

숲은 침대에 벌렁 드러누웠다. 집중하는 동안 잊었던 피로감과 통증이 갑자기 몰려왔다. 얻어맞고, 긴장하고, 흥분하고, 울고, 감격하며 보냈던 하루가 온몸을 짓누르는 것 같았다. 숲은 눈을 감은 채 몸에 힘을 빼고 오늘 있었던 일들을 곱씹었다. 이채의 얼굴이 눈앞에 아른거렸다.

이채는 지금쯤 뭘 하고 있을까? 밤 9시가 다 되어가고 있었다. 잘 준비를 하고 있을까? 내일 촬영에 앞서 무언가 준비할 것이 있을까? 미경이라는 매니저와 대화하고 있을까? 내일이 되면 또 학교에서 만나게 되겠지. 내일이 기다려졌다. 이채를 다시 만나기까지 13시간이나 남았다니, 그중 7시간은 잠 따위나 자면서 보내야 하다니, 믿기지가 않았다. 어떻게 잠을 잘 수가 있단 말인가?

더욱 믿을 수 없는 것은 내일이면 촬영이 끝나고 이채가 떠난다는 사실이었다.

가슴이 욱신 아파 왔다. 하늘을 둥둥 떠다니는 것 같던 황홀감이 안개처럼 흩어졌다. 그러니까, 뭐지? 이채는 후배이자 팬인 숲에게 친절을 베풀었고, 자신의 과거사를 조금 털어놓았고, 숲의 어려운 처지를 위로했다. 그리고 뭐? 그게 끝이었다. 물론 그것만도 엄청난, 감사해야 할 일이었다. 더 이상을 바랄 수도 없고 바라서도 안 될 것이다. 팬으로서 누릴 수 있는 행운 그 이상을 얻었다.

그런데 왜 이렇게 애가 타지?

숲은 낮에 들어갔던 트레일러를 떠올렸다. 그 안에서 숲이 짜봤던 샴푸로 머리를 감을 이채가 상상되었다. 거울 앞에서 양치질을 하고 얼굴에 스킨을 바를 이채도. 그런 다음에는 소파에서 쉬려나… 쉴 때는 무엇을 할까? 가상현실을 볼까? 그 의문에 이르자 아무것도 상상되지 않았다.

그렇게 멍하니 누워서 10분을 보냈을까, 20분을 보냈을까? 숲은 벌떡 일어나서 태블릿과 겉옷을 챙겨 들고 방을 나섰다. 현관에 나가서 신발을 꿰어 신자 거실에 있던 엄마가 뛰어나왔다.

"정숲, 밤중에 어딜 가는 거야?"

"응, 그냥 잠깐 좀, 바람 쐬러."

"아니, 아니, 거기 서. 엄마랑 얘기 좀 해. 무슨 일이야? 너 얼굴에 멍들었잖아."

엄마가 숲의 손목을 붙들고 단호하게 말했다. 숲은 멈춰 서서 우물쭈물했다.

"이건… 별거 아니야, 아까 학교 가는 길에 넘어졌어."

"거짓말하지 마. 맞은 거잖아. 너 지금도 누가 불러내서 나가려는 거지? 누구야?"

"그게 아니라…"

숲은 한숨을 쉬었다. 어디서부터 설명해야 하나? 감도 잡히지 않았다. 숲 스스로도 자신에게 무슨 일이 있었고 지금 무슨 일을 하려고 하는 건지 이해가 되지 않았다.

"또 누가 괴롭히는 거야? 무슨 협박이라도 당하고 있는 거니? 엄마한테 솔직히 말해봐, 응?"

엄마가 걱정 가득한 눈으로 숲의 눈을 마주 보며 말했다. 또, 또 저 눈.

'그게 아니야. 엄마가 걱정할 만한 일이 아니라고. 지금 그딴 게 문제가 아니란 말이야.'

엄마에겐 아무 잘못이 없다는 걸 알면서도 숲은 짜증이 났다. 그래서 생각지도 못한 말을 불쑥 내뱉었다.

"아, 좀, 아무것도 모르면서 넘겨짚지 마. 난 친구 만나러 나가려는 거라고."

엄마가 눈을 휘둥그레 떴다.

"뭐라고?"

숲은 더 이상 설명하지 않고 시선을 피했다. 자신이 무슨 헛소리를 한 건가 싶었지만, 한편으로는 엄밀히 거짓말을 한 건 아니라는 생각도 들었다. 이채가 다온을 친구라고 부른다면, 숲도 친구일 수 있었다.

손목을 잡았던 엄마의 손아귀가 느슨해졌다. 숲은 그 틈을 타 팔을 떼어내고 현관문을 열었다.

"다녀올게."

23

이채는 음식과 싸우고 있었다.

이 트레일러의 냉장고와 찬장에는 그래놀라, 건바나나, 아몬드, 주스, 두유, 참치 통조림, 삶은 콩, 닭가슴살, 즉석 잡곡밥, 냉동 링곤베리, 냉동 채소 믹스, 양배추절임, 기본적인 양념 몇 가지와 식용유가 있었다. 술은 없었다. 모두 다이어트에 문제없는 식재료만 골라서 갖춰놓은 것이었고 당연하게도 맛은 아주 좋진 않았다. 그래서 이채는 생각했다. 프라이팬에 기름을 넉넉히 두르고 참치와 채소 믹스와 밥과 소금과 참기름을 넣고 볶으면 맛있지 않을까?

당연히 절대로 안 될 일이었다. 이미 저녁으로 닭가슴살과 양배추절임을 먹었다. 시간도 너무 늦었다. 아무것도 먹어서는 안되는, 물조차 삼가야 할 시간이었다. 그리고 어쨌거나 시간이 몇 시든 간에 볶음밥이라는 건 방송에서 대중에게 보여주기 위한 목적이 아니면 자제해야 할 음식이었다.

하지만 너무 먹고 싶었다.

이래서 쉬는 시간이 싫었다. 일하는 중에는 먹는 것을 생각하지 않을 수 있었다. 연기하고, 노래하고, 춤을 추는 동안에는 그 활동에만 집중했다. 하지만 그 일들에서 자유로워지고 나면 식욕이 뇌를 지배했다. 이채는 여유 시간의 대부분을 식욕과 싸우면서 보냈고, 나머지 시간은 술과 싸우면서 보냈다. 달리 시간을 보내는 방법을 알지 못했다. 가상현실 드라마를 보거나, 게임을 하거나, 음악을 들으면서도 음식을 생각했다. 미경의 조언대로 운동도 하고 명상도 하고 그림도 그렸지만, 그러는 동안에도 술을 생각했다. 지금도 마찬가지였다. 이채는 명상을 하겠답시고 앉아서 계속 '밥을 볶아, 말아?' 이런 생각을 되풀이하고 있었다.

그래도 명상의 효과가 있는지, 그 와중에 깨달은 것이 있기는 있었다.

이제까지는 자신이 음식과 술을 참기 어려워하는 게 단순히 자제심이 부족해서인 줄 알았다. 워낙 식탐이 많고, 충동이 강한 모양이라고. 싸구려 대체식과 술만 먹으며 자라서 이렇게 된 거라고. 하루 종일 먹는 생각만 하는 자신을 발견하면 자괴감이 들었다. 이게 인간인가 돼지인가 싶었다.

그런데 지금, 몇 년 만에 처음으로 수십 명의 사람에게 물리적으로 둘러싸여 보낸 하루의 끝에서 혼자 남아 있으려니 마음속에서 질문이 들려왔다.

왜 먹고 싶은 거야?

맛있으니까. 즐거우니까.

그러면 먹으면 안 돼?

안 돼. 살찌잖아.

살찌면 어떻게 되는데?

인기가 떨어져.

인기가 떨어진다는 게 무슨 뜻이야?

나를 사랑하는 사람이 줄어든다는 뜻이야. 아이돌로서 내 장래가 불투명해진다는 뜻이고.

그 사람들이 너에게 중요해? 그 사람들이 너한테 뭘 해줘?

당연히 중요하지. 내가 먹고살 수 있게 해주고, 나를 응원해 줘.

너를 사랑하니까?

그렇지.

그런데 너를 사랑한다면서 왜 네가 살찌면 그만 사랑하는 거야?

이채는 감았던 눈을 떴다. 그 질문이 가슴을 찌르는 것 같아서, 커다란 송곳이 후비고 들어오는 것 같아서 숨이 막혔다.

몸이 말랐을 때만 사랑해 주는 것도 사랑인가?

그래야만 했다.

왜냐하면, 만약 그것이 사랑이 아니라면, 이채를 사랑하는 사람은 한 명도 없다는 뜻이 되니까.

이채는 후다닥 일어나 조리대로 갔다. 찬장에서 밥과 참치를 꺼내고, 냉장고에서 채소 믹스를 꺼냈다. 지금 당장 먹어야 했다. 먹음으로써 그 무시무시한 생각을 잊어야 했다. 그러지 않으면 그 생각이 자신을 집어삼킬 것이다. 식용유를 집어 들어 뚜껑을 열었다. 떨리는 손안에서 기름병이 빠져나갔다. 병이 바닥에 떨어지면서 기름이 쏟아져 나왔다.

이채는 행주를 들고 바닥에 엎드려 기름을 훔쳐냈다. 잘 닦이지 않았다. 행주를 빨고 세제를 묻혀 다시 닦아내기를 여러 차례 했지만 바닥에 끈적한 기운이 가시지 않았다. 입에서 욕이 나왔다.

갑자기 엄마가 생각났다. 엄마랑 같이 살 때는 어쨌든 이런 일이 있으면 엄마가 어떻게든 해결했다. 엄마는 이채를 때렸고, 이채를 뒷바라지했다.

그 시절이 그립지는 않았다. 다만 혼자 있고 싶지 않았다. 이제까지 이채는 심심하거나 외로우면 누구나 그러듯 가상현실에 접속해 사람을 만났다. 연예인 친구들을 만나기도 했고, 팬들을 만나기도 했다. 그걸로 충분하다고 생각했다.

그런데 지금은 달랐다. 너무 오랜만에 현실에서 많은 사람과 부대낀 여파인지, 지금 자신이 혼자라는 것이 실감 났다. 기름을 닦아줄 사람도 없었다. 밥을 먹는다고 말릴 사람도 없었다. 토하는 것을 들킬 염려도 없었다. 당연히 들키고 싶지 않았다. 하지만 모순되게도 들키고 싶은 마음도 들었다. 누군가가 등을 두드려 주고 토사물을 닦아주고 어린아이처럼 달래주었으면 했다.

미경이라도 부를까? 하지만 막상 부르면 후회할 것이다. 이채가 원하는 것은 미경 아니라 세상 그 누구라도 줄 수 없는 것임을 알고 있었다. 게다가 지금은 공식적으로 근무 시간이 아니었고, 위급한 상황이 아니면 매니저를 호출하지 않는 것이 규칙이었다. 대면 스케줄은 불필요한 접촉을 최소화하는 방식으로 굴러갔다. 정해진 시간, 정해진 용건이 아니면 타인과 대면할 일이 없어야 하는 것은 계약서에 명시된 권리였고 정당한 사유 없이 그것을 침해해선 안 됐다.

이채는 바닥에 행주를 대고 웅크린 채 잠시 숨을 몰아쉬었다.

그러다 차근차근 기름을 마저 닦아내고 일어서서 프라이팬에 기름을 두르고 불을 켰다.

그렇게 먹지 말라고 잔소리하는 미경도 결국 돈으로 얽힌 사이일 뿐이었다. 이채가 말을 듣지 않는다 해도 미경은 계약서 이상의 범위로 나서서 말릴 힘이 없었고, 그럴 의사도 없었다.

냉동된 브로콜리, 당근, 피망, 콜리플라워 조각들을 프라이팬에 쏟아 넣었을 때였다. 밖에서 무슨 소리가 들렸다. 먼지 폭풍 소리겠거니 하고 넘기려고 했는데 또다시, 이번에는 더 크게 들렸다. 누군가가 트레일러 문을 똑똑 두드리는 소리였다. 그러니까, 노크 소리였다.

이채는 문을 벌컥 열었다.

문밖에 숲이 서 있었다.

머리카락은 바람에 흩날리고, 입과 코는 마스크로 가렸고, 몸은 검은 외투로 푹 감싸고 있었다. 밤의 어둠과 먼지에 파묻혀 형체가 잘 보이지도 않는데 고글 너머 눈동자만 유독 반짝였다. 숲은 이채를 바라보며 눈을 깜빡이더니 머뭇거렸다.

"어… 선배."

"무슨 일이야?"

이채는 최대한 차분하게 말하고 싶었지만 폭풍 때문에 소리치다시피 해야 했다.

숲이 마주 소리쳤다.

"선배는 무슨 일이에요? 왜 울고 있어요?"

이채는 자신이 울고 있었다는 것을 그제야 깨달았다.

둘은 잠시 말없이 서로를 마주 보았다.

이채는 자신이 대답하지 않으면 숲이 겸연쩍어하며 물러갈 줄 알았다. 숲의 숫기 없는 성격을 봐도 그럴 것 같았고, 그게 예의이기도 했기 때문이다. 하지만 이채는 서울 사람들이 얼마나 타인에게 쉽게 간섭하는지 잊고 있었다.

"저, 들어가서 얘기할까요?"

이채는 순간 당황했다. 지금, 아무리 이동식 숙소라고는 해도, 남의 집에 들어오겠다고 말하는 건가? 이제까지 매니저와 홈 시스템 정비 기사들 말고는 아무도 집에 들인 적이 없는데.

하지만 다시 생각해 보니 이채가 먼저 숲을 초대했던 셈이었다. 아까 숲은 이 트레일러에 들어와서 옷을 갈아입었을 것이다.

아니, 다 떠나서 이채에겐 선택의 여지가 없었다. 숲을 돌려보내고 싶지 않았다.

이채는 손등으로 뺨을 문질러 닦으며 한 발짝 안으로 들어섰다.

24

시작부터 계획이 완전히 어그러졌다.

충동적으로 집을 나오기는 했다. 하지만 걸으면서 나름의 계획을 세웠다. 이채를 만나자마자 용건을 말하고, 음악을 들려주고, 팬으로서 이채에게 주는 선물이라고 말할 생각이었다. 이채가 원한다면 음악을 네트워크로 전송해 줄 것이다. 그 핑계로 연락처를 얻을 수 있다면, 그럴 수만 있다면 더욱 좋을 것이다… 촬영이 끝난 후에도 종종 이채에게 곡을 보내고 싶다고, 답장은 하지 않아도 된다고, 그냥 마음을 전할 수 있는 통로만 있었으면 좋겠다고 말해야지. 물론 이채가 애초에 트레일러 문을 열어주지 않을 가능성도 있었다. 숲은 이채를 만나지 못한 채 먼지 폭풍을 헤치고 다시 집으로 돌아갈 각오도 했다.

하지만 울고 있는 이채를 맞닥뜨릴 각오는 전혀 되어 있지 않았다.

이채는 새빨개진 두 눈에 눈물을 가득 머금고 문틀을 잡고 서 있었다. 실내의 빛을 등진 이채의 가뜩이나 마른 몸은 캄캄한 어둠에 먹혀 들어 사라질 것 같았다. 숲이 왜 그러냐고 묻자 이채는 아무 대답도 하지 않았다. 숲을 귀신 보듯 쳐다볼 뿐이었다.

무슨 일인진 몰라도 저런 상태의 이채를 혼자 두고 갈 수는 없었다.

숲이 들어가도 되냐고 묻자 이채는 가타부타 말하지 않고 문에서 비켜주었다. 숲은 조심스럽게 이채를 따라 안으로 들어갔다.

들어가자마자 밖에서부터 느껴졌던 냄새가 더욱 짙고 강렬하게 풍겨 왔다. 무언가 달콤하고 고소하고 기름진 냄새. 숲은 냄새의 진원지로 고개를 돌렸고 눈앞의 광경에 넋을 잃었다. 프라이팬에서 익어가는 채소였다.

이채가 숲의 시선을 좇더니 얼굴을 붉히며 말했다.

"아직 저녁을 못 먹어서. 늦게 먹으려고 하던 참이었어."

왜 부끄러워하는 거지? 이상하다 싶었지만 깊이 생각할 정신이 없었다. 입에 침이 고이고 배 속이 쪼그라들었다.

"미안해요. 제가 식사 시간에 왔네요."

숲은 간신히 이성을 추스르며 말했다.

"너도 좀 먹을래?"

추슬렀던 이성이 다시 무너져 내렸다. 생각하고 말고 할 것도 없이 대답했다.

"좋아요."

이채는 엷게 웃고는 조리대 앞에 다가서서 주걱으로 채소를 뒤적였다. 숲은 눈물로 얼룩진 채 미소 짓는 그 얼굴이 아름답다고 생각하면서도 한편으로는 왠지 모르게 기분이 나빴다.

그 이유는 나중에야 알 수 있었다.

이채가 만들어 준 것은 참치 채소 볶음밥이었다. 볶음밥이라는 건 숲에게 동화 속 음식이나 마찬가지였다. 가상현실로 맛볼 수도 없었기에 사진과 설명만 보고 들으며 머릿속으로 상상만 했다. 그 음식을 실제로 맛볼 수 있으리라고는, 적어도 어른이 되기 전에 이런 일이 생길 거라고는 상상하지 못했다.

숲은 눈 깜짝할 사이에 볶음밥을 먹어치웠다. 입 안에서 씹히는 온갖 맛과 질감은 화려하기 그지없었고 밥알과 채소와 참치 덩어리들이 눈앞에서 사라져 가는 속도는 그만큼 덧없었다. 그러는 동안 이채는 먹는 둥 마는 둥 깨작거렸다. 배가 고파서 요리를 했다고 하지 않았던가? 숲은 혹시 자신이 이채 몫까지 먹어버리고 있는 건가 걱정스러웠다. 아니면 자신이 나타나는 바람에 불편해서 밥을 못 먹는 건가? 물론 머리를 맞대고 식사하는 건 예의가 아니었기에 두 사람은 멀찍이 떨어져 있었다. 숲은 소파에, 이채는 거울 앞의 작은 스툴에 앉았다. 침방울이 튈 만한 거리는 아니었다. 그런데도 이채는 불편해 보였다.

"맛있어?"

숲이 숟가락을 내려놨을 때 이채가 물었다. 숲은 고개를 주억거렸다.

"진짜, 진짜 맛있어요. 정말 잘 먹었습니다. 그런데… 선배는 안 드세요?"

"나는… 글쎄, 갑자기 입맛이 별로 없네."

이채가 그릇 안의 밥을 원수라도 되듯 빤히 노려보더니 덧붙였다.

"울어서 그런가 봐."

"아…"

숲은 이채의 사정에 대해 더 묻지도 않고 걸신들린 사람처럼 밥부터 먹었다는 것을 깨닫고 얼굴이 달아올랐다.

하지만 이채가 식기들을 싱크대로 가져가더니 자신의 그릇에 남아 있던 밥을 작고 네모난 통에 버리는 것을 보고, 숲은 삽시간에 얼굴이 식었다.

그 통이 무슨 보존 용기인가 보다 생각하려고 했다. 하지만 그렇지 않았다. 그건 쓰레기통이었다.

숲의 시선을 알아차린 이채가 아차 싶은 듯 말했다.

"음식물 쓰레기를 이 통에 넣으면 안에서 연료로 전환돼. 먼지 때문에 태양광 쓰기 어려운 시대에 영리한 방법이지."

숲은 뭐라고 대답해야 할지 알 수 없었다.

선배가 자동차 연료로 쓰는 밥을 나는 태어나서 처음 먹어봤
어요.

두 달 전에는 서울에서 밥 때문에 살인 사건도 난 적 있어요.
국밥을 먹으려는데 옆에서 누가 실수로 엎지르는 바람에 너무
화가 나서 그 사람을 죽였대요.

우리 엄마는 선배가 다 못 먹고 버린 참치 통조림을 수없이 실
어 날랐지만 정작 한 번도 그걸 먹어본 적은 없어요.

이렇게 말할 수는 없었다.

왜냐하면 어쨌든 이채에게 상처 주고 싶지 않았다. 하지만 비
굴한 말을 하고 싶지도 않았다. 두 가지 모순된 마음 사이에서
혼란스러워하던 숲은 그냥 이렇게만 말했다.

"그렇군요. 그렇겠네요."

둘 사이에 어색한 침묵이 흘렀다.

이채가 숲의 맞은편 소파에 다가와 앉으며 살짝 도도하게 헛
기침을 했다.

"그래서, 무슨 일로 왔어? 원래 우리 지금 만나면 안 돼, 알지?"

"저는…"

숲은 주머니 안에 내내 들어 있었던 태블릿의 무게를 의식했

다. 태블릿 안에 들어 있는 자작곡의 무게를. 갑자기 그 곡이 쓸모없게 느껴졌다. 불과 30분 전까지 온 열정을 쏟아부었는데, 지금은 그게 도대체 뭐가 중요한가 싶었다. 볶음밥 앞에서.

하지만 그런 생각이 스스로 용납이 되지 않았다. 숲은 태블릿을 꺼냈다.

"저, 선배에게 주고 싶은 게 있어서 왔어요."

"주고 싶은 것?"

이채가 고개를 갸웃했다.

"제가 사실, 대단한 건 아니지만, 취미로 곡을 쓰거든요."

스스로에게서 나오는 말이 낯설게 느껴졌다. 누군가에게 이런 말을 해보는 것도 처음인데 그 상대가 이채라니.

"오늘 선배를 만나고 나서… 생각나는 것들이 있어서 곡을 만들어 봤어요. 선배에게 선물하고 싶어요. 연락처를 알았다면 보내드렸을 텐데, 몰라서… 이렇게 직접 찾아왔어요."

"와."

이채가 감탄하는 표정을 지었다.

"멋지다. 작곡을 한다니, 대단하네. 학교 마치고 집 가서 쉬기도 바빴을 텐데 그사이에 곡을 하나 썼다니, 그것도 놀랍고."

"별거 아니에요."

숲은 태블릿을 켜면서 중얼거렸다. 뭔가 이상했다. 이 곡을 들려줄 사람이 세상에 한 명 있다면 그건 바로 이채라고 믿었는데, 지금은 어쩐지 그렇게 느껴지지 않았다. 엉뚱한 사람에게 잘못된 물건을 배달하러 온 듯한 기분이었다.

그럴 리가 없었다. 상대방은 이채였다. 〈너라는 이름의 빛〉을 만들고 부른 사람. 이 사람이 없었다면 지금 숲이 만든 곡도 나올 수 없었다.

숲은 〈너라는 이름의 빛〉을 들으며 몇 번이고 힘을 얻었다. 지금 이채가 무엇 때문에 슬픈지는 모르지만, 숲이 만든 곡이 이채에게 조금이라도 힘이 될 수 있었으면 했다.

숲은 노래를 틀었다.

25

이채는 음악에 집중이 되지 않았다.

숲을 들인 게 후회되었다. 혼자 있고 싶다 둘러대고 돌려보낼 걸. 아무라도 곁에 있어주기를 바랐지만, 바로 이런 상태이기 때문에 누군가가 곁에 있어서는 안 됐다. 이채는 지금 불안정했고, 배가 고팠고, 동시에 속이 울렁거렸다. 쾌활하고 매력적인 사람으로 보이고 싶은데, 또 그래야만 하는데, 그러기엔 너무 힘에 부쳤다.

무슨 용건이든 간에 먼지 폭풍을 헤치고 찾아온 숲에게 맛있는 음식을 대접하고 싶었다. 이채 덕분에 강해질 수 있었다고, 은혜를 갚을 수 있어서 기쁘다고 말하는 숲에게 진심으로 잘 대해주고 싶었다. 그런데 이채는 누군가를 진심으로 잘 대한다는 게 무엇인지 알 수 없었다. 밥을 버리지 말았어야 했는데, 눈앞에 남아 있으면 먹게 될까 봐 무서워서 그만 실수했다. 그리고 숲은 그 실수를 용서하지 않을 것 같았다. 숲은 별말 하지 않았는데도 이채는 그렇게 느꼈다.

'실수는 그만 생각해. 음악을 들어.'

이채는 자기 자신을 다그쳤다.

좋은 노래 같았다. 곡조가 서글프면서도 한편으로는 빠르고 신났다. 어디선가 들어본 듯한 느낌도 들었다. 하지만 아까 음악실에서 들은 피아노곡과 마찬가지로, 정확히 어디서 들었는지 가늠할 수 없었다. 바보가 된 것 같았다. 학교에서 수업을 못 따라갈 때 느꼈던 좌절감이 치밀었다. 이해하고 싶은데, 기억해 내고 싶은데 잘되지 않았다.

〈너라는 이름의 빛〉 작곡에 참여했을 때가 생각났다. "이채도 직접 쓴 곡이 하나쯤 있어야지"라는 윤 대표의 말에 시작된 작업이었다. 부담스러웠지만 메인 작곡가는 따로 있고 이채는 숟가락 없는 시늉만 하면 된다는 말에 받아들였다. 3개월 만에 재즈 피아노와 작곡을 배웠다. 뭘 배우기나 했다고 말하기도 어려운 수준이었다. 인공지능으로 짜인 코드가 주어졌고 이채는 거기에 나름의 멜로디를 썼다. 고작 네 마디 멜로디를 쓰는 데 온종일이 걸렸다. 그런 식으로 3분 30초짜리 곡 전체를 쓰려고 하면 한도 끝도 없을 것 같아서, 무엇보다도 안 되는 걸 어떻게든 잘해보려고 하는 게 고통스러워서, 나중에는 그냥 대충 아무 음이나 늘어놓았다. 에라 모르겠다 싶은 마음으로 멜로디를 넘겼고, 결과적으로 채택된 것은 불과 두 마디였다. 이채는 작곡자 크레디트에 자신의 이름이 포함된 것이 부끄러웠다.

어떻게 두세 시간 만에 곡을 하나 만들 수 있지? 그것도 이만큼의 퀄리티를 갖춘 곡을? 하지만 자신이 음악의 퀄리티에 대해 말할 자격은 없는 것 같았다. 이채는 음악을 잘 몰랐다. 노래는 잘했지만 그건 가이드 보컬을 잘 흉내 내는 능력일 뿐 음악을 깊이 이해한다고 말할 수 없었다. 요즘 유행하는 가요들은 챙겨 들었지만 옛날 노래는 잘 몰랐고 장르 면에서도 폭넓게 듣지 않았다. 그래도 아이돌을 하는 데에는 아무 지장이 없었다. 이제까지는 그랬다.

"어때요?"

음악이 끝나고 숲이 물었다. 이채는 고개를 들어 테이블 너머에 앉은 숲을 마주 보았다.

이채가 밥을 버리는 걸 보고서 어색한 표정을 짓던 숲은 이제 기대감에 찬 눈빛을 하고 있었다. 음악을 트는 동안 다시 마스크를 써서 입은 보이지 않았다. 이채는 그 입이 웃고 있으리라 상상했다. 누군가의 시선을 의식하지 않는 웃음. 누군가에게 예쁘게 보이기 위해 웃는 게 아니라 마스크 안에서 자유롭게 웃는 웃음.

그런 숲에게 예쁘게 보이기 위해 이채는 웃었다.

"굉장히 좋네. 이게 정말 나를 위한 거야? 노래를 선물 받는 건 처음이야."

"처음이라고요?"

숲이 되물었다.

"아이돌은 많은 사람에게 노래를 받을 줄 알았어요."

"아니야. 내가 부를 노래는 회사에서 고르는 거야. 나도 의견을 내기는 하지만. 어쨌든 누군가에게 사적으로, 선물로 노래를 받은 적은 없어. 네가 처음이야. 고마워."

이채는 이렇게 말하면 숲이 기뻐할 거라고 생각했다. 그런데 숲은 뜻밖이라는 듯 눈을 깜빡일 뿐이었다. 아니, 애초에 마스크 때문에 표정을 읽기 어려웠다.

"정말 재능 있는 것 같아. 진짜 작곡가 못지않은걸."

"그래요?"

"응, 정말로. 처음부터 끝까지 네가 쓴 거야? 인공지능의 도움 없이?"

숲이 눈을 크게 떴다.

"인공지능이라뇨?"

"아, 다 네가 썼나 보구나. 그렇다면 더더욱 대단한데, 고작 두세 시간 만에…"

"보통은 인공지능의 도움을 받아 쓰나요?"

애는 도대체 어느 시대에서 살다 온 거야? 이채는 당황스러웠다. 아무리 가상현실 저항증이라고 해도 인터넷 자체를 못 하는건 아닌데, 상식이 안 통하는 세상에서 사는 것처럼 굴었다.

"음, 거의 다 그렇지. 인공지능에게 코드나 멜로디를 짜게 하고, 작곡가는 그걸 편집하고 조합하고 이것저것 덧붙여서 곡을 쓰지. 처음부터 끝까지 혼자 쓰는 경우도 없진 않지만, 그러면 아무래도 비효율적이라서 곡을 많이 생산하기 어려우니까…"

"그러면 〈너라는 이름의 빛〉은요?"

숲이 따지듯이 물었다.

"그것도 인공지능이 썼어요?"

"그건… 그것도 인공지능이 좀 했어. 하지만 숲아, 인공지능의 도움을 받는다고 해서 사람이 쓴 게 아니게 되지는 않아. 뭔가 착각하고 있는 것 같은데…"

"선배는 얼마나 썼어요?"

이채는 얼굴이 달아올랐다.

"멜로디도 쓰고, 코드도 쓰고. 다 채택되지는 않았지만, 그래도 내가 많이 결정했어."

"거짓말."

숲이 씹어뱉듯 말했다.

"거짓말이야. 선배는 그 곡 안 썼어요."

"무슨 말이야?"

"선배. 지금 선배가 들은 곡이 〈너라는 이름의 빛〉 코드를 바탕으로 쓴 곡이에요."

이채는 멍하니 숲을 쳐다보았다.

숲의 눈이 번들거렸다. 마치 불타오르는 것 같았다.

"〈너라는 이름의 빛〉을 좋아해서, 그게 선배가 쓴 곡이라서 더욱 좋아서, 그래서 수백 번, 수천 번 들었어요. 그 곡을 제 방식대로 해석해 보고 싶었어요. 그 해석을 선배에게 드리고 싶었어요. 선배에게 드리는 경의의 표시로요."

이채는 다시 속이 울렁거렸다.

"그런데 다 제 착각이었네요. 처음부터… 그 모든 게…"

이채는 욕지기를 눌러 참으며 쏘아붙였다.

"그래서 뭐? 내가 그 착각에 책임져야 해? 크레디트에는 내가 그 곡에 '참여'했다고만 되어 있어. 그건 거짓말이 아니잖아. 나더러 뭘 어쩌라는 거야?"

"하지만…"

숲의 눈에 눈물이 고였다.

"저는 선배를 사랑했어요."

이채는 끔찍하게 화가 났다. 이채도 숲의 사랑에 부응하고 싶었다. 숲이 말하는 것처럼 강한 사람이고 싶었다. 음악이라는 고상한 수단으로 수많은 사람들에게 마음을 전하는 음악가이고 싶었다. 이런 방식으로 이채를 사랑한다고 말하는 사람이 처음인 만큼 실망시키고 싶지 않았다. 하지만 이채가 그런 사람이 아닌 걸 어쩌란 말인가? 낙제점을 받은 기분이었다. "네가 할 줄 아는 거라곤 남들 앞에서 엉덩이나 흔들며 웃어대는 것밖에 없지." 엄마의 말이 뇌리를 맴돌았다. 자신은 영혼이라는 게 없는 사람인 것 같았다. 텅 빈 껍데기 같았다.

"정숲."

이채는 숲을 노려보며 말했다.

"너한테는 내 몸이 그렇게 아무것도 아니야?"

26

뜻밖의 질문을 맞닥뜨린 숲은 눈을 깜빡였다. 눈물이 굴러떨어져 마스크를 적시고 흐릿했던 시야가 맑아졌다. 그 시야에 이채의 모습이 선명해졌다. 자그마한 얼굴에 분노가 서려 있었다.

"사람들은 다 내 몸을 사랑해. 나처럼 마르고 싶어 하고 나처럼 예쁘고 싶어 해. 내 마른 몸에다 박고 싶어 하고 내 예쁜 얼굴에 사정하고 싶어 해."

세상에서 더없이 괴기스러운 이야기를 들은 기분이었다.

"선배…"

"그게 그 사람들이 나를 사랑하는 방식이야. 네 사랑은 더 고결해? 그 사람들의 사랑은 쓰레기 같아? 내 음악만 아름답고, 내 몸은 천박해 보여?"

"아뇨, 아니에요, 그렇게 생각하지 않아요."

"웃기지 마."

이채가 입술을 파르르 떨며 말을 이었다.

"너는 네 머릿속에 있는 나를 사랑하잖아. 그래서 네 눈앞에 있는 나는 경멸하잖아. 너한테 나는, 내 몸은 아무 쓸모도 없는 거잖아."

이제 이채는 숫제 소리를 지르다시피 했다. 숲은 이채의 얼굴에 떠오른 표정이 분노만이 아니라는 것을 뒤늦게 알아차렸다. 그것은 차라리 모멸감이었다. 마스크를 쓰지 않은 맨 얼굴이 새빨간 불덩이처럼 타올라 숲의 눈에 각인되었다. 성난 고양이처럼 웅크린 몸은 적개심을 내뿜었지만 놀라울 만큼 작아 보였다. 자기 자신을 살라먹는, 맹렬하게 꿈틀거리는 부정적 에너지로 산산조각이 나버릴 듯한 작고 연약한 별 같은 그 몸을 안아주고 싶었다. 꽉 끌어안아 그 모든 어두운 감정을 흡수해 주고 싶은 충동이 치밀었다. 낯선 충동이 아니었다. 사실 숲은 이채를 처음 본 순간부터 내내 그 충동을 느끼고 있었다. 그러나 그것으로부터 계속 도망쳤다. 숲이 경멸한 것은 이채의 몸이 아니라 그것을 탐하는 자기 자신이었다.

"나가."

이채가 문을 손으로 가리켰다.

"여기서 나가."

가슴이 내려앉았다.

숲은 아까 트레일러 문간에서 울고 있었던 이채를 떠올렸다. 저 사람을 혼자 둬선 안 되겠다고 생각하고 여기 들어왔는데, 그 누구보다도 이채를 소외시킨 사람은 자신인 것 같았다. 같잖은 곡 하나 만들어 놓고, 그게 너무 소중해서, 그 소중함에 취해서. 쫓겨나도 할 말이 없었다. 머리로는 알았다. 그러나 쫓겨나고 싶지 않았다. 지금 이 상태로 이채에게서 돌이킬 수 없이 분리된다고 상상만 해도 고통스러웠다.

"선배, 미안해요. 하지만… "

해명하고 싶었다. 이채는 오해하고 있었다. 그건 정말 오해였다. 숲의 머릿속에 맥락 없는 이미지들이 떠올랐다. 이 트레일러에 들어왔을 때 처음 보았던, 머리카락이 엉켜 있던 머리 끈. 이채에게서 풍기는 달콤하고 이상한 향기. 이채가 귓속말을 했을 때 귓바퀴를 감쌌던 차갑고도 뜨거운 감각. 통제할 수 없는 질투심. 처음 먹은 볶음밥의 맛.

"나가라고 했어."

"선배…"

이채가 벌떡 일어나더니 숲에게 다가와서 팔을 잡아끌었다. 아주 센 힘은 아니었지만 갑작스러운 손길에 이끌린 숲은 휘청거리며 반쯤 일어났다. 무릎에서 태블릿이 굴러떨어졌다. 그건 상관없었다. 중요한 것은 숲을 잡은 이채의 손이었고, 숲을 당

기는 팔꿈치였고, 내딛는 발이었고, 구부러진 등이었다. 한 팔에
쏙 들어올 듯한 가느다란 허리와, 손안에서 부드럽게 뭉그러질
듯한 가슴과…

숲은 팔을 힘껏 당겼다. 그러나 이채는 뿌리쳐지지 않았다. 다
만 이채의 몸이 어이없을 정도로 쉽게 숲에게 끌려 와 맞부딪혔
다. 둘은 소파 위에 얼크러졌다. 이채의 머리카락이 숲의 얼굴과
어깨에 물결처럼 왈칵 쏟아졌고 이채의 무릎이 숲의 허벅지 위
에 눌렸다. 숲을 노려보는 눈이, 살짝 벌어진 입술이, 그 사이로
드러난 앙다문 치아가 바로 눈앞에 보였다.

그 순간 두 사람은 그대로 멈춘 채 굳었다.

아주 짧은 3초 정도의 순간이었지만 분명히 둘 다 움직이지
않았고, 그 불가사의한 평형 상태가 숲에게 어떤 힘을 불어넣었
다. 그리고 숲은 이해할 수 없는, 앞으로도 평생 이해할 수 없을
행동을 했다.

마스크를 내리고, 이채의 입술에 자신의 입술을 가져간 것이
었다.

이채가 눈을 휘둥그레 떴다.

"무슨…"

숲은 입을 떼고 이채의 얼굴을 마주 보았다. 너무 가까워서 시
야에 초점이 잘 잡히지 않았다. 맞닿은 코끝이 촉촉했다. 숨결이

뜨거웠다. 참을 수 없었다. 숲은 다시 입술을 겹쳤다. 참기름 맛이 났다.

숲의 손목을 잡았던 이채의 손이 어깨로 옮겨 왔다. 그 손이 많은 말을 했다. 1초쯤, 숲의 어깨를 소파 등받이로 밀어내려는 듯했다. 그러더니 멈췄다. 잠깐 힘이 풀렸다. 머뭇거렸다. 그러고는 어깨를 도로 붙잡았다. 숲의 허벅지 위에 꿇어앉은 무릎이 조금씩 움직이며 더 확실하게 디딜 자리를 찾았다.

그러는 동안 이채의 입술이 조금 열리더니 안에서 혀가 나왔다.

한 번도 본 적 없는 새의 가슴을 가르고 작은 심장을 꺼낸 것 같았다.

27

처음 섹스했을 때 이채는 열여섯 살이었다.

여자애들은 너무 쉽게 성매매에 빠졌다. 가상현실이 아닌 현실에서 진짜 여자와 섹스하고 싶어 하는 상류층 남자들은 널리고 널렸다. 그중에서 10대 여자애를 좋아하는 취향을 가진 남자들도 수없이 많았다. 그들도 바보가 아닌 이상 감염당할 위험을 최소화하고 싶어 했기에 여자애에게 백신도 맞혀줬다. 백신도 맞고 돈도 벌 수 있다는 생각에 많은 여자애들이 인터넷에서 남자를 만났고, 그러다 거꾸로 남자에게서 병을 얻거나, 얻어맞거나, 죽임당했다.

이채는 그렇게는 되고 싶지 않았다. 이채는 아이돌이 되고 싶었다.

그래서 남자친구를 신중히 골랐다. 자신을 열렬히 추앙하는, 같은 학교 남자애들 중 한 명으로. 선물은 받지 않았다. 만에 하나라도 대가를 받고 섹스했다는 말은 듣고 싶지 않았다. 시간을 들여 연애를 했고, 깨끗한 장소를 골랐다.

하지만 그런다고 해서 즐거운 섹스를 할 수 있다는 뜻은 아니라는 것을 이채는 몰랐다.

첫 섹스는 아팠고 지독하게 재미없었다. 상대방은 만족한 것 같았지만 이채는 자신의 정신이 어딘가에 부유하는 듯한 기묘한 기분만 느꼈다. 그 멍한 안개 속에서 이채는 막연히 어린 시절 읽은 동화책을 떠올렸다. 왕자님이 용을 물리치고 공주님을 구해주는 케케묵은 이야기. 부끄러워서 아무에게도 말하지 않았지만 이채는 그런 이야기에 자기 자신을 대입하며 즐거워하곤 했다. 언젠가는 그런 사람이 나타날지도 모른다고, 자신의 진짜 사랑은 아마 그런 형태일 거라고, 적어도 지금 하고 있는 섹스는 사랑이 아닐 거라고 생각했다. 그렇게 생각하면 좀 더 견딜 만해졌다.

그 왕자가 여자일 수도 있다는 생각은 해본 적이 없었다.

28

숲이 이채의 트레일러에 있는 사이에 비가 오기 시작했다.

서울에 거의 반년 만에 처음 내리는 비였다. 숲과 이채는 창가
에 나란히 앉아서 비를 구경했다. 창문에 끊임없이 떨어지고 흘
러내리기를 반복하는 빗방울들 하나하나에 작은 세상이 있었다.
이채는 그 빗방울들을 홀린 듯 바라보았다.

"너무 예쁘다."

숲은 이채의 옆얼굴을 보았다.

"그러게요."

숲은 조용히 말했다.

둘은 다시 말이 없어졌다. 작은 빗소리가 둘 사이의 공백을
메웠다. 숲은 이채에게 키스했을 때보다, 이채를 만졌을 때보
다, 지금 이렇게 말없이 앉아 있는 것이 더 행복했다. 아까는 너
무 정신이 없어서 자신이 뭘 하는지도 알 수가 없었다. 손이 미

친 듯이 떨렸다. 이채는 웃으면서 "우리 나중에 마저 하자"라고 말했다. 그 말에 숲은 맥이 풀리면서도 동시에 희망이 차올랐다. 나중에. 나중이라는 기약. 어째서 그런 기약을 할까? 어째서 이채는 숲을 밀어내지 않았을까? 어째서 숲의 품에 안겨 왔을까?

"선배는… 저를 뭐라고 생각해요?"

숲이 묻자 이채가 창문에서 고개를 돌렸다.

"너?"

이채는 짓궂게 눈썹을 추어올렸다.

"바보라고 생각해."

그러고는 턱을 괴고서 숲을 지그시 응시했다.

"재미있는 바보. 난 재밌는 사람이 좋아."

숲은 고개를 저었다.

"저는… 저는 재미없는데요."

"웃긴다, 진짜."

이채가 하나도 웃기지 않은, 무표정한 얼굴로 말했다.

"이상해요. 아까까지만 해도 저를 죽일 듯이 화냈으면서, 이제는 또…"

"그러는 너는? 나한테 실망했다고 눈물까지 흘려놓고 냅다 키스했잖아."

"미안해요."

"또, 또 사과한다."

"어… 미안…"

이채가 숲의 손을 잡았다. 처음 닿았을 때는 겨울 공기처럼 서늘하던 손이 지금은 따뜻했다.

"우리 나갈래?"

"어딜요?"

"밖에. 비 맞고 싶어."

"서울 비 더러워요, 선배."

"알아. 하지만 맞고 싶어. 태어나서 한 번도 맞아본 적 없단 말이야."

이채가 벌떡 일어났다.

"너 집 가야 하지? 같이 가자, 내가 바래다줄게."

"아니, 전 괜찮아요. 혼자 갈 수 있어요. 선배 아프기라도 하면…"

"너 혼자 집 가면 나는 혼자 비 맞을 거야."

"선배 진짜 막무가내네요."

숲이 한숨을 쉬며 말하자 이채가 고개를 휙 돌리며 눈을 흘겼다.

"그래서 싫어?"

숲은 고개를 저으며 겉옷을 걸쳤다.

"아녜요. 그러지 좀 말아요. 내가 선배를 좋아하지 않는 것 같다는 그런 말로 협박하는 거."

이채가 깔깔 웃더니 앞서가서 문을 열었다.

"있잖아, 나는 네가 미안하다면서 은근히 할 말은 다 하는 게 좋아."

29

거리에는 아무도 없었다. 그리고 비를 맞는 것은 상상했던 것
보다 즐거웠다.

몇 년 만에 처음으로 집 밖에 나온 기분이었다. 아니, 그보다
훨씬 오랫동안 어딘가에 갇혀 있다가, 그래서 자유가 무엇인지
도 잊고 있다가, 처음으로 바깥세상을 맛본 기분이었다. 이채는
하늘에서 아낌없이 뿌려주는, 돈을 요구하지 않는 물을 온몸으
로 맞으며 어린아이처럼 뛰어다녔다. 머리카락부터 속옷과 양말
까지 흙비에 흠뻑 젖었는데 찝찝하지 않았다.

서울 밖 사람들이 본다면 야만스럽다고 하겠지.

아무려면 어떤가.

숲은 그렇게 생각하지 않으니까. 물론 막무가내라고는 생각하
겠지만, 걱정은 하겠지만, 그렇다 해도 숲이 이채를 좋아하는 마
음이 달라지는 것은 아니었다.

이채는 빗속에서 춤을 췄다. 그리고 숲에게 따라 해보라고 했다. 숲은 내뺐지만 이채가 고집을 부리자 마지못해 따라 췄다. 끔찍한 솜씨였다. 신이 숲에게 음악적 재능은 주었지만 춤에는 아무 재능도 주지 않은 모양이었다. 하지만 그렇게 못 추는 모습이 사랑스러웠다. 짧고 통통한 두 다리도, 유연함이라고는 없는 굵은 허리도 보기 좋았다. 이채가 대놓고 웃자 숲은 처음엔 부끄러워했지만, 이내 이채를 웃기려고 이상한 동작을 자꾸 해 보였다. 이채는 배가 아프도록 웃으며 그 동작을 거꾸로 따라 했다. 둘은 미치광이들처럼 빗속을 뛰어다녔다.

그렇게 숲의 집 앞에 도착하자, 숲은 이채에게 입을 맞추고는 다시 이채를 트레일러로 데려다주겠다고 우겼다. 밤길은 위험하다는 것이었다.

이채는 좋다고 했다. 숲과 더 오래 있고 싶어서였다.

둘이 그렇게 학교 주차장에 다다랐을 때였다. 길모퉁이 너머에서 비옷을 입은 누군가가 후닥닥 지나갔다. 이채는 대수롭지 않게 생각했는데, 옆에서 숲이 우뚝 멈춰 서더니 말했다.

"방금 지나간 사람… 허다온 같아요."

30

다음 날은 일요일이었다. 보통 일요일 아침이면 엄마는 늦잠을 잤는데, 이날은 일찍부터 일어나 숲을 깨웠다.

"오늘 촬영 오후에 시작해… 난 더 자도 돼."

숲이 이불을 덮어쓴 채 웅얼웅얼 말하자 엄마는 이불을 휙 젖히며 다그쳤다.

"일어나, 정숲. 이따가 시간 없잖아. 지금 이야기해."

"무슨 이야기…"

"어제 도대체 무슨 일이 있었던 건지. 뭐 하다가 그렇게 늦게 들어왔어? 똑바로 얘기해. 그냥 넘어갈 생각 마."

숲은 잠이 덜 깨서 엄마가 무슨 말을 하는지 알아듣는 데에 시간이 걸렸다. 전날 너무 늦게 자서 피곤했다. 잠을 2시간 정도나 잤을까 싶었다. 하루 동안 그렇게 많은 일이 있었으니 잠을 못 자는 것도 당연했다. 더구나 막판에 나타난 다온은 숲의 마지막

남은 평안을 완전히 앗아 가버렸다…

그 생각을 하니 잠기운이 완전히 가셨다.

숲은 일어나 앉아서 눈을 비볐다. 엄마는 앞에서 절대로 물러나지 않겠다는 기세로 버티고 서 있었다. 숲은 입을 열었다가 다시 다물었다. 어디서부터 얘기해야 할지 감이 잡히지 않았다.

옆집에서 또 부부 싸움 소리가 들렸다. 아침부터 싸우다니 부지런도 하다고 생각하며 숲은 되는대로 말했다.

"이채랑 친해졌어."

"친해졌다고? 이채랑?"

엄마가 반색했다.

"친구라고 한 게 설마, 이채야?"

"음, 응. 그건 그런데…"

숲은 망설이다가 될 대로 되라는 심정으로 내뱉었다.

"이채랑 키스했어."

"뭐라고?"

엄마가 벙쪄서 되물었다.

"이채랑 키스했어, 엄마. 나 이채를 좋아해. 이채도 나를 좋아하는 것 같아."

엄마는 입을 떡 벌리고 아무 말도 못 했다. 경악한 얼굴에 언뜻 의심의 빛도 스쳤다. 내 딸이 그예 미쳐버린 건가 생각하는 눈치였다.

그럴 만도 했다. 숲은 엄마가 생각을 정리할 수 있도록 내버려 뒀다.

엄마는 한바탕 기침을 하고는 숨을 고르다가 물었다.

"정말이야?"

"정말이야."

"그런 얘기 한 번도 한 적 없잖아. 여자를 좋아한다는 얘기는."

"엄마, 나도 어제 처음 알았어."

이번에는 엄마의 표정이 더 복잡해졌다. 아마도 딸에 대한 걱정인 듯했지만 숲은 거기까지 생각할 여력이 없었다. 숲에겐 다른 걱정거리가 있었다.

"그런데 엄마, 문제가 생겼어."

그리고 다온에 대한 이야기를 털어놓았다.

허다온은 나를 괴롭혀 온 애야. 응, 맞아. 사실 걔 친구한테 맞았어. 그런데 그게 문제가 아니고, 어젯밤에 나랑 이채가 같이 있는 걸 허다온이 봤어. 키스하는 것도 본 것 같아. 걔가 해코지를 하면 어쩌지? 아니, 나한테가 아니라, 이채한테. 나야 원래부터 괴롭힘당해 왔으니까 레즈비언이라고 소문이 나도 상관없어. 하지만 이채는 큰일이잖아. 아이돌인데 평판이 나빠지니까. 그걸 노리고 다온이 소문을 퍼뜨리면 어떡하지? 게다가 나는 가저

258

증자이기까지 하잖아. 가저증자 여자애랑 키스했다고 소문이 나면 이채는 어떻게 되는 거야?

숲은 한참 설명한다고 했지만 엄마는 여전히 이야기를 잘 못 따라가겠다는 듯 얼떨떨한 표정이었다. 그러다 엄마가 물었다.

"하지만, 다온이라는 애도 이채를 좋아하지 않니?"

"응, 그야… 자칭 팬이긴 해. 이번 뮤직비디오에서도 중요한 역할 맡았어. 이채 옆에 붙어 있으려고 하더라."

"그러면 걔가 뭐 하러 자기가 좋아하는 아이돌을 추락시키는 짓을 하겠어?"

숲은 할 말이 없었다.

그랬다. 분명 말이 안 되는 일이었다. 하지만 팬들은 그렇게 말이 안 되는 짓을 벌이기도 한다는 게 숲의 생각이었다. 숲 자신이 지금까지 해온 행동만 해도 그렇지 않나.

"엄마가 잘 몰라서 그러는데…"

그런데 엄마가 숲의 말을 잘랐다.

"숲아, 그런데 너 이건 아니? 너, 요즘 너를 괴롭히는 애가 누군지 나한테 말한 거 처음이야."

31

오전에는 이채의 '친구들'하고만 찍는 신들을 진행했다. 친구들과 학교 옥상에서 춤추고 노는 장면(실제 옥상은 평소에 잠겨 있어서 학생들은 들어갈 수 없었다), 친구들과 학교 온실 안을 돌아다니며 식물들을 관찰하는 장면(온실 안 풍경은 황량했다. 아이들의 장난으로 식물 생장용 조명들이 파손된 데다, 평소에도 식물이 잘 자라는 편은 아니었기 때문이다. 이채와 친구들이 예쁜 식물들을 보는 척 연기하면 나중에 편집팀에서 컴퓨터그래픽으로 처리할 거라고 했다), 화장실에서 서로 매무새를 만져주고 수다를 떠는 장면(이건 정말 말도 안 됐다. 서울 학교 화장실은 결코 쾌적한 공간이 아니었다. 물값을 아끼기 위해 변소는 재래식으로 운영됐고 수돗물도 30초 이상 쓸 수 없었다. 여자애들이 화장실이라는 사적인 공간에 같이 들어가 시간을 때운다는 건 오래된 판타지였다) 등등 대체로 어처구니없는 장면들이었다.

이채는 그 어처구니없음에 대해 다온, 성아, 은비, 준희에게 설명했다. 중산층 대중이 가지고 있는 판타지에 부응하기 위해 말도 안 되는 뮤직비디오를 찍자니 웃기다고 이야기했다. 아이들은 대체로 이해하며 맞장구를 쳤지만, 한편으로는 자신들이 진지하게 임하고 있는 작품을 스스로 흠잡자니 혼란스러운 듯 보였다. 당연했다. 이채도 처음에는 그랬다. 열심히 하되, 마음에 안 드는 부분이 있어도 마음대로 시정할 수 없음을 받아들이는 것. 기획사의 판단이 옳겠거니 하고 따라가는 것. 그리고 자기 마음에 차지도 않고 자기 의사가 충분히 반영되지도 않은 작품 속에 자기 얼굴이 나오고 자기 이름이 박힌 채 온 세상에 뿌려지는 것을 견디는 것.

아이돌이 되려면 이런 걸 감수할 수 있어야 한다고 이채가 이야기하자, 다온이 천천히 고개를 끄덕였다.

다온은 어제와 별로 다르지 않았다. 여전히 이채에게 천연덕스럽도록 친밀하게 대했고, 아첨을 늘어놓았고, 다른 아이들 앞에서 위세를 부렸고, 카메라 앞에서 일류 배우라도 된 듯 고고하게 행동했다. 그래서 이채는 어제 숲이 잘못 본 게 아닐까, 다온은 아무것도 모르는 게 아닐까 생각했다. 다른 아이들도 별다른 이야기를 전해 들은 눈치는 아니었다. 숲은 다온에게 들킨 게 틀림없다며 다온이 다른 애들에게 다 말할지도 모른다고 전전긍긍했지만, 그런 기미는 보이지 않았다.

그런데 온실 촬영을 끝내고 건물 안으로 들어가는 길에 다온이 바싹 붙어서 이렇게 물었다.

"그런데 이채야, 넌 사생활 관리는 어떻게 해?"

"사생활 관리?"

"대중은 아이돌의 진짜 얼굴, 진짜 삶에 집착하잖아. 인터넷 보면 사람들이 네 데뷔 전 에피소드들 궁금해하던데. 그래서 이런 뮤직비디오도 찍는 거겠지."

다온이 해사하게 웃었다.

"너도 알려지면 곤란한 일들이 있을 거 아니야. 예전에 사귀던 애인도 있었을 거고, 뜻하지 않게 저지른 실수도 있었을 거고… 그런 거 다 어떻게 해?"

이채는 걸음을 멈추고 다온을 보았다. 그리고 직감했다.

다온은 다 알고 있었다.

이채는 천천히 대답했다.

"딱히 방법이 없지. 입막음하기에도 한계가 있고. 그래서 애초에 기획사에서도 그런 거 다 고려하고 평판 보고 뽑아."

이채는 마주 웃으며 말을 맺었다.

"최소한 누군가에게 원한을 살 만한 잘못은 한 적 없는 애로."

다온의 입가가 굳었다.

의연한 척 기 싸움을 하기는 했지만, 이채는 내심 마음이 무거워지고 머리가 바쁘게 돌아갔다. 이건 협박인가? 뭔가 노리는 게 있는 걸까? 숲과의 관계를 폭로하겠다는 것을 빌미로 무언가를 요구하려나? 그러면 어떻게 해야 하지?

뮤직비디오 촬영에 참여한 후배와 키스했다는 것 자체만으로도 이미 충분히 자극적인 이슈였다. 그런데 그 후배가 여자이고, 그것도 모자라 가상현실 저항증자이기까지 하다는 사실은 거의 감당할 수 없는 일이었다.

왜 그런 짓을 했을까? 뒤늦게 후회가 되었다.

이래서 서울이 싫었다. 서울에 있으면 미친 짓을 하게 된다. 물론 숲은 좋은 애였지만, 같이 있으면 기분이 좋고 흥분되었지만, 적어도 누가 볼지도 모르는 길거리에서 입을 맞추지는 말았어야 했다.

이채는 최대한 혼자서 고민하려고 했다. 하지만 머리가 터질 것 같았다. 결국 쉬는 시간이 되어 트레일러에 들어가자마자 미경에게 물었다.

"…어떡하지?"

이채의 설명을 듣는 미경의 표정이 점점 우스꽝스럽게 일그러졌다.

"너는 내 말을 귓등으로 듣니? 여기 애들 건드리지 말랬더니, 아주 들쑤시고 뒤집어엎어 놨네!"

이채는 억울했다.

"다른 애들 안 보는 데서 만난 거였잖아. 최소한 난 그러려고 했어. 허다온이 보지만 않았으면 아무 문제도 없었을 텐데…"

미경이 언성을 높였다.

"야, 너한테 나는 매니저가 맞긴 하니? 너 멋대로 할 거면 내가 왜 있는데?"

"…그래서 지금 언니 의견을 묻고 있잖아."

"말장난하지 마. 도대체가 너는 네가 뭐라고 생각하는 거야? 아이돌이 되어가지고 팬이랑 붙어먹고 지금 뭐 하는 짓이야? 뮤직비디오 촬영이 장난이야?"

이채는 입을 다물었다. 미경이 이렇게까지 화를 내는 건 처음이었다.

"자연스러운 연기를 하랬지, 누가 자연인 되랬어? 우리 모두가 너 신곡 잘되라고 총동원돼서 밀어붙이고 있는데 너는 머릿속에 생각이란 게 있는 거야, 없는 거야? 다 말아먹으려고 작정했어? 열심히 하는 사람들은 다 뭐가 되냔 말이야!"

"…미안해, 언니."

이채는 기어들어 가는 목소리로 말했다.

미경은 씨근거리며 한바탕 연설을 늘어놓았다. 연애를 하는 건 좋지만 다른 연예인들처럼 가상현실로 적당한 남자 만나다가 결혼해도 되겠다 싶으면 대면으로 만나는 순서를 밟으라고, 그게 교양 있고 품위 있는 방식이라고. 이런 식으로 대뜸 서울 한복판에서 처음 만난 상대와 키스하는 건 스캔들 거리밖에 안 된다고. 더구나 상대가 가상현실 저항증자 여자애라니, 이게 언론에 알려지면 최소한 몇 년간은 연예계에 복귀할 수 없을 거라고 미경은 단언했다. 동성결혼이 합법화된 지 30년이 지났어도 아직까지 사회에서 동성애를 향한 편견이 가시지 않은 것도 문제지만, 무엇보다 큰 문제는 가상현실 저항증이었다. 대부분의 사람들은 가상현실 저항증자를 불가촉천민으로 여겼고, 미신이든 어쨌든 간에 가저증이 옮는다고 믿었다. 그들은 이채를 가상현실 저항증자와 동일시할 것이고, 가상현실을 경험하지도 못하는 천민 주제에 가상현실로 돈을 벌려고 든다고 분개할 것이다. 서울 출신 신데렐라 이채의 유리 구두는 박살 나고 다시는 왕궁에 들어갈 수 없게 되리라…

저주에 가까운 미경의 말을 들으며 이채는 공포에 질렸다.

"그러면 나 이제 어떻게 해…?"

미경이 눈을 흘겼다.

"말하면 듣기는 하니?"

"들을게."

미경은 트레일러 안을 서성이며 잠시 생각하더니 말했다.

"허다온한테 증거가 있어? 걔가 너희 둘이 같이 있는 걸 사진이나 영상으로 찍었어?"

"모… 몰라."

"증거가 없다면 그래도 괜찮아. 걔가 무슨 얘기를 하든 악의적인 허위 사실 유포라고 대응하면 되니까. 하지만 만약 증거가 있다면, 그리고 만약 그걸로 협박을 하면서 돈 같은 걸 요구한다면… 골치가 아파지지. 돈을 주기 시작하면 한도 끝도 없거든."

"하지만…"

이채는 멍하니 반박했다.

"하지만 허위 사실이 아니잖아."

미경이 어이없는 표정으로 되물었다.

"그래서? 네, 사실입니다, 이러게?"

빗속에서 숲과 뛰어다녔던 어젯밤이 떠올랐다. 흙내가 나던 빗물, 텅 빈 거리에 메아리치던 웃음소리, 숲의 우스꽝스러운 춤사위, 따뜻하던 살결.

"…아니."

이채는 힘겹게 대답했다.

"너, 이번 촬영 끝날 때까지 최대한 얌전히 굴어. 그리고 다시는, 다시는 이런 실수 하지 마."

32

오후 1시가 되어 촬영 장소인 강당에 도착한 숲은 누구보다 먼저 이채를 찾았다. 이채는 미경과 함께 한쪽 구석에서 대기하고 있었다. 다른 사람들 앞에서 이채에게 격의 없이 알은체할 수는 없었으므로 숲은 슬쩍 이채의 시야에 나타나 서성거렸다. 이채가 자신을 보지 않을 수 없게끔.

눈이 마주쳤다. 그런데 이채의 시선이 숲을 슬그머니 지나쳐 다른 데로 돌아갔다.

그러더니 미경에게 뭐라고 말하고는 킥킥 웃었다.

확실했다. 일부러 모른 척한 것이었다. 눈인사 정도는 할 수 있을 텐데도 그러지 않고 숲을 완전히 무시했다. 그 모습이 어제의 이채와는 너무나 달라서, 아예 다른 사람 같아서 숲은 충격을 받았다. 빗속에서 어린아이처럼 춤을 추다 숲을 껴안고 매달리던 이채는 어디 가고, 지금의 이채는 싸늘하고 어른스러워 보였다.

한편 이채의 친구 역 아이들은 감독에게 무언가 지시를 듣고 있었다. 다온은 진지한 얼굴로 감독의 말에 귀를 기울이며 고개를 끄덕였다. 숲에게 관심을 주는 사람은 아무도 없었다.

예전 같았으면 안심될 만한 상황이었다. 아무도 자신에게 주목하지 않는 것이 가장 편했다. 그런데 지금은 불안했다. 숲은 막연히, 학교에 오면 모두가 자신과 이채를 흘끔거리며 수군대리라고 상상했다. 하지만 그런 기미는 전혀 없었다. 겉보기에는 아무 변화도 없었다.

그러나 숲은 자신과 이채 사이에 생긴 변화를 알 수 있었다.

그 변화는 촬영이 시작되고 더 선명히 드러났다. 이번 신은 피구 장면이었다. 체육 시간에 이채가 아이들과 함께 피구를 한다. 다온과 이채가 각각 다른 팀이 되어 승부를 벌인다. 둘은 코트에서 마지막까지 남아 아슬아슬한 경기를 펼친다… 이런 줄거리였다. 다온은 실제로도 피구를 잘하는 편이었다. 그리고 숲은 피구가 싫었다. 체육 시간에 팀을 짜서 하는 모든 경기가 싫었다. 평소에는 이런 경기가 있으면 가능한 한 핑계를 대고 빠지는 편이었다. 하지만 이 경기에서는 빠질 수 없었다.

액션 사인이 떨어지고 몇 분 지나지 않아 이채의 실력이 드러났다. 춤과 구기 종목은 별개인지, 이채는 피구를 잘 못했다. 공을 무서워하는 데다 몸이 굼떴다. 이채를 마지막까지 남기기 위해서는 다온을 비롯한 아이들이 양보를 해줘야 했다. 그래도 실수로 이채를 맞힐 때가 있었다. 감독은 원하는 그림이 잘 나오지 않는지 자꾸 다시 찍자고 했다. 다들 조금씩 지쳐갔다. 체력적으로 힘든 촬영이었다.

숲도 마찬가지였다.

숲도 이채처럼 공을 무서워했지만 민첩성은 있어서 요리조리 잘 피해 다녔다. 그러다 보니 이채와 함께 마지막까지 남는 일이 많았다. 그리고 그 과정에서 다온은 내내 숲을 노렸다.

알 수 있었다. 다온은 숲을 노려보며 숲을 향해 똑바로 공을 던졌다. 처음에는 다른 아이들도 골고루 노리는 척했지만, 점점 갈수록 숲을 아웃시키려고 공을 날린다는 것을 숨기지 않았다. 숲은 매서운 힘이 실린 공을 간신히 피했고, 그걸 대신 맞은 아이들은 아프다고 신음하곤 했다.

부담스러운 상황이었다. 평소 같았으면 숲은 그냥 일찌감치 공을 일부러 맞고 아웃되어서 구경이나 했을 것이다. 하지만 지금은 그러고 싶지 않았다. 이상한 오기가 들었다.

'네가 아무리 나를 없애려고 해도 나는 이채 옆에 남아 있을 거야.'

하지만 결국은 공을 맞긴 맞아야 했다. 마지막에 혼자 남아야 하는 것은 이채였으니까.

숲이 이채 곁에 남아서 이리저리 뛰어다니다가 마침내 공을 맞고 코트 밖으로 나가기를 몇 차례 반복하는 동안 이채는 한 번도 숲에게 눈길을 주지 않았다. 시선이 닿았다 싶다가도 금방 피해버렸다. 이채는 자신에게 날아오는 공을 잡거나 피하면서 연기는 연기대로 하는 데에 온 신경을 집중하고 있는 것으로 보였다. 설령 숲에게 신경을 쓰고 싶대도 그럴 여력이 없을 터였다.

야속했다. 그런데 동시에 안쓰러웠다.

이상한 일이었다. 이채에게는 자꾸 이런 식으로 모순된 감정들이 떠올랐다.

이채를 안전하게 해주고 싶었다. 이채의 앞에서 공을 대신 맞아주고 싶었다. 아니, 꼭 맞기만 하지 않아도 된다. 가령…

또다시 이채의 곁에 숲이 남아 있는 상황이 된 경기에서, 공이 날아온 순간 숲은 자기도 모르게 이채의 앞에 나서서 공을 잡아버렸다.

"어?"

숲은 바보 같은 신음을 흘렸다.

이채는 눈을 크게 뜨고서 그제야 숲을 똑바로 바라보았다.

다온은 당장 숲에게 달려들어 멱살이라도 잡을 기세였다.

세 사람 사이에 흐르는 긴장을 느낀 아이들은 숨을 죽였다. 아마 누구라도 느낄 수 있었을 것이다. 정적이 흐르는 가운데 감독이 외쳤다.

"엔지! 뭐 하는 거야? 네가 잡으면 어떡해? 자, 자, 다시 갑시다!"

강당 촬영이 끝나고 다음 장소로 이동하기 전, 다온이 숲에게 다가와서 말을 걸었다.

"정숲."

숲은 몸을 돌려 다온을 마주하고 섰다. 정말로 멱살이라도 잡으려나 싶은 생각에 반사적으로 몸에 힘이 들어갔다. 그러나 다온은 그럴 생각이 없어 보였다.

"잠깐 얘기 좀 해."

숲은 어깨와 허리를 곧게 펴면서 당당하게 말했다.

"무슨 얘긴지 몰라도 여기서 해."

다온이 목소리를 낮추며 대꾸했다.

"이채 얘기야."

그 이름에 심장박동이 얼크러졌다.

올 것이 왔다는 생각이 들었다. 어젯밤 일에 관한 이야기겠구나. 결국에는 피할 수 없이 맞닥뜨려야 하는 이야기였다. 공처럼.

다온과 함께 강당 무대 뒤편의 창고로 향하며 숲은 주체하지 못하고 어깨 너머 이채를 돌아보았다. 혹시라도 이채 역시 자신에게 무언가 할 이야기가 있진 않을까? 아니면 또다시 못 본 척 외면할까?

이채는 미경과 함께 강당을 나가고 있었다. 그 뒷모습에서 숲은 끝내 아무것도 읽을 수 없었다.

창고에는 간이 의자, 휘장, 낡은 기타, 상자들이 먼지와 함께 잔뜩 쌓여 있었다. 다온은 그 사이에 카메라라도 있을까 봐 불안한 듯 물건들을 뒤적이고 천장과 벽을 샅샅이 훑어보았다. 창고 문밖으로 고개를 내밀고 혹시 누가 있지는 않은지 확인했다. 그러고 나서야 숲을 돌아보고 입을 열었다.

"금방 촬영하러 가야 하니까 단도직입적으로 말할게."

숲은 묵묵히 다온을 마주 보며 생각했다.

여기선 도와줄 사람이 없다. 하지만 진하도 없다. 다온과 단둘이고, 다온은 이런 상황에서 숲에게 직접 손을 휘두를 법한 성향은 아니다. 하지만 만에 하나 다온이 때리려 든대도 맞서 싸울 수 있다. 해볼 만하다.

"어젯밤에 너랑 이채 언니가 같이 있는 거 봤어."

"그런데?"

"키스하는 것도 봤어."

숲은 다온을 빤히 쳐다보았다. 마스크를 쓴 데다 너무 어두워서 표정을 읽기 어려웠다. 무슨 얘기를 꺼내려 할지 상상도 되지 않았다. 협박하려는 걸까? 아니면 폭언이라도 하려는 걸까?

그런데 다온에게서 나온 말은 뜻밖이었다.

"아직 아무한테도 말 안 했어. 그리고 말할 생각도 없어. 왜냐하면…"

다온의 눈이 어둠속에서 빛났다.

"언니한테 도움이 안 되니까."

숲은 할 말을 잃었다.

다온의 말투에는 진심이 묻어났다. 숲은 다온의 목소리를 들으면 허세나 내숭에서 나오는 말인지, 진짜 감정이 실린 말인지 구분할 수 있었다. 오랫동안 다온의 눈치를 봤기 때문에 가능한 일이었다. 친구가 아닌데도, 어쩌면 친구가 아니기 때문에 도리어 숲은 다온을 잘 알았다.

엄마의 생각이 옳았다. 다온은 이채에게 해가 될 일을 하지 않을 작정이었다.

"나는 언니가 잘되기를 바라. 언니는 내 우상이고, 내 롤모델이고, 내 꿈이야. 언니가 온 세상에 인정받고 돈 많이 벌면서, 오래오래 활동하며 나이 들어갔으면 해. 내가 나중에 성공했을 때 언니가 내 앞에 서서 나를 이끌어 줄 수 있게. 그런데…"

다온이 주먹을 꽉 쥐었다.

"그런데 너는 뭐야? 팬도 아닌 게 갑자기 나타나서 언니 앞길을 망쳐?"

숲은 울컥 부아가 치밀었다.

"나도 팬이야. 나도 오래전부터 선배를 좋아했어. 너처럼 동네방네 떠들어야만 팬인 게 아니야."

다온이 코웃음을 쳤다.

"웃기지 마. 진짜 팬이라면 이딴 식으로 이기적으로 굴 수 없어. 넌 네가 누군지 몰라? 너는 가저증자야. 그런데 감히 언니를 가지려고 해? 언니 인생 따위 너한텐 안중에도 없지?"

뒤통수를 얻어맞은 기분이었다.

숲은 말을 더듬거렸다.

"무슨 소린지 모르겠네. 너만 아무한테도 말 안 한다면 상관없는 거잖아. 선배 인생을 망치고 말고는 내가 아니라 너한테 달린 것 같은데."

"앞으로도 아무한테도 안 들킬 자신이 있다고?"

다온이 비웃음을 흘리며 말을 이었다.

"가상현실에 접속도 못 하는 주제에, 앞으로 언니랑 만나려면 언니가 직접 여기로 오거나 네가 언니한테 찾아가야 할 텐데, 그게 기자들한테 안 들킬 거라고 생각하는 거야? 어떻게 하면 언니 흠잡아서 망가뜨릴 수 있을지 골몰하는 인간들이 수두룩한 세상에? 진심으로 그렇게 믿는 거야?"

생각도 못 한 이야기였다.

스스로도 어이가 없었지만 그랬다. 숲은 이채와의 미래에 대해 미처 생각하지 못했다. 현재를 받아들이기만도 버거웠다. 하지만 "나중에 마저 하자"라던 이채의 말이 뇌리에 맴돌았다. 그 '나중에'라는 기약에 온 희망을 걸었던 자기 자신을 부정할 수 없었다.

그런데 이채는 그 기약에 얼마나 진심이었을까?

숲은 아까 자신을 외면하던 이채의 뒷모습을 떠올렸다.

희망이 사그라들었다.

"그건… 그런 얘기는… 선배랑 한 적 없어."

"얘기한 적 없다고?"

다온이 고개를 갸웃했다.

"앞으로 어떻게 만날지 하는 건… 애초에 사귀자거나, 연애하자거나, 그런 말을 한 것도 아니야. 어제는 그냥 좀, 충동적으로…"

"아, 그래?"

다온이 눈에 띄게 안도했다. 숲은 자존심이 상했다. 솔직히 말하지 말걸 그랬나 싶었다. 하지만 거짓말해서 얻을 게 뭔가?

"난 또 뭐라고."

다온의 눈이 가늘어지며 웃음을 띠었다.

"언니가 너 갖고 놀았구나."

얼굴이 화끈 달아올랐다.

"함부로 말하지 마."

그렇게 말하는데 자기도 모르게 목이 메어 왔다. 숲은 헛기침을 했다.

"넌 아무것도 몰라. 선배는 그렇게 가벼운 성격 아니야. 남의 마음을 가지고 장난치는 사람 아니라고. 넌 선배가 어떤 사람인지 몰라."

"그러는 너는 알아? 고작 하루 만나서 대화해 본 주제에. 애초에 평소에 누구하고 긴 대화를 나누는 일도 없으면서 상대방 의도가 뭔지 알아챌 능력이나 되니? 동정심과 애정을, 호기심과 사랑을 구분할 줄 알아?"

다온이 킥킥 웃었다.

"아니, 나도…"

다온은 숲이 말할 틈을 주지 않았다.

"아, 난 또 뭐라고. 괜히 걱정했네. 늦었다, 촬영하러 가야겠어."

그러고는 휙 나가버렸다.

탁탁거리는 발소리가 멀어져 가고 창고는 정적에 잠겼다. 숲은 먼지가 떠도는 비좁은 창고 안에 서서 움직이지 못했다.

33

이채는 내내 숲을 보고 있었다. 숲과 눈을 마주치지 않게 조심했지만, 숲이 어디로 가는지, 뭘 하는지, 어떤 표정을 짓는지 지켜보고 있었다.

머릿속으로는 스스로를 다잡았다.

'다행히 허다온은 아직까지 아무 말도 하지 않았어. 그리고 내가 적당히 경고해 뒀으니까 걔도 생각이 있으면 허튼짓하지 않겠지. 나중에 기껏 데뷔했다가 학교폭력 가해자라고 알려져서 커리어 말아먹고 싶진 않을 테니까. 나는 그냥 아무 일 없었던 것처럼 행동하면 돼. 오늘 촬영만 마무리하면 정숲하고는 다시 만날 일 없잖아. 내가 서울에 또 올 것도 아니고. 그냥 사소한 해프닝이 있었던 것뿐이야.'

하지만 마음속으로는 알고 있었다. 사소한 해프닝이 아니라는 것을.

이채의 안에서 무언가가 변했다. 그리고 그것은 돌이킬 수 없었다.

숲과 한 공간에서 촬영을 진행할수록 그 사실은 점점 더 명백해졌다. 피구 코트 안에서 숲과 이리저리 뛰어다니면서 그것을 느꼈다. 다온이 보내는 공을 잡으려고 안간힘을 쓰면서 이채는 자신이 무엇보다도 숲을 아웃시키지 않으려고 분투하고 있음을 알 수 있었다. 자신의 곁에 남아 있으려고 버티는 숲이 끝내 떨어져 나가는 꼴을 보고 싶지 않았다. 숲을 지키고 싶었다. 누군가를 향해 이런 마음이 드는 건 생전 처음이었다.

하지만 공이 무서웠다.

결정적인 순간에 이채는 공을 피하곤 했다. 그리고 결국 숲은 공을 맞았다. 어차피 그게 정해진 시나리오였다. 숲은 공을 맞고 나가야 했다.

하지만 딱 한 번, 숲이 공을 맞지 않고 잡은 적이 있었다. 자기도 모르게 그런 것 같았다. 그 순간 드러났다. 숲은 공을 잡을 능력이 있으면서 그동안 잡지 않고 몸을 사렸던 것이었음이.

숲의 안에는 그런 힘이 있었다. 숲은 이채에게 강하다고 했지만, 사실은 자기 자신의 강함을 이채에게서 보고 있었을 뿐이다.

반면 이채는 비겁했다.

'하지만 나는 아이돌로 살아야 하는걸. 어쩔 수 없잖아.'

이런 생각마저 비겁했다. 그냥 자신이 그런 사람임을 받아들이는 수밖에 없었다.

마지막 촬영이 끝나고 스태프들이 현장을 정리하는 동안 아이들은 다시 운동장에 모였다. 새벽에 비가 내린 직후에는 공기가 거짓말처럼 깨끗하더니 지금은 다시 먼지바람이 불었다. 아이들은 고글과 마스크로 얼굴을 꽁꽁 싸매고 줄지어 늘어서서 이채가 뭐라고 한마디 하기를 기다렸다.

정말 이상한 촬영이었다. 학교생활 같으면서도 학교생활이 아닌. 선후배 관계이면서도 동료 관계인.

이채는 모두의 앞에 서서 입을 열었다.

"여러분, 이틀 동안 정말 수고 많았어요. 여러분 덕분에 〈만나자, 지금〉이 무사히 세상에 나올 수 있게 됐네요."

아이들이 환호성을 질렀다. 다온이 누구보다 크게 소리 지르고 박수를 쳤다. 이채는 빙긋 웃었다.

어제 처음 여기 와서 저 애들을 맞닥뜨렸을 때가 생각났다. 그때 이채는 이들을 경멸했고 더 나아가 무서워했다. 겨우 벗어난 이 삶에 다시 발목 잡힐까 봐, 저 애들과 다시 한 무리로 섞여 들게 될까 봐 두려웠다.

하지만 그건 얼마나 큰 착각이었나. 아이들은, 환호하며 즐거워하는 저 아이들은, 애초에 이채를 끼워줄 생각이 없었다. 그들이 이채를 동경한다고 해서 이채와 가까워질 수 있다는 뜻은 아니었다. 동경은 오히려 거리를 벌렸다. 이채는 빌어먹을 섭식장애와 함께 혼자였다.

"고마워요. 정말로."

이건 진심이었다.

"여러분을 잊지 않을게요. 아니, 잊지 못할 거예요."

그렇게 말하며 이채는 아이들 사이에서 숲을 찾았다.

그런데 숲은 어디에도 보이지 않았다.

이채를 따라 트레일러로 들어온 미경이 문을 닫더니 품에서 꾸러미를 꺼내 건넸다.

"이게 뭐야?"

"정숲이 전해주라고 하더라."

이채는 꾸러미를 풀어보았다. 그 안에는 이채가 빌려줬던 교복과 신발이 단정하게 갈무리되어 있었다. 모두 깨끗하게 세탁되어 세제 냄새 외에는 아무 체취도 남지 않았다. 이채는 이걸 빨기 위해 썼을 물값을 생각하고 화가 났다. 숲에게 전화해 왜 이런 짓을 했느냐고 따지고 싶었지만, 연락처를 몰랐다.

너
라는
이름의

숲

34

"다 봤으면 이제 돌려줘."

다온이 진하에게 말했다. 언제나처럼, 주변 아이들에게 다 들릴 만큼 큰 소리로. 진하는 헬멧을 벗어서 다온에게 돌려주며 호들갑을 떨었다.

"야, 진짜 아무리 봐도 신기하다. 이게 우리 학교라니 믿기지 않아."

"그렇지? 나도 지금 못해도 50번은 본 것 같은데 아직도 실감이 안 나."

다온이 두 손을 맞잡으며 눈을 빛냈다.

"이채도 이채지만 너도 진짜 예쁘게 나왔어, 다온아. 연기도 못지않게 잘하고. 넌 우리 연극반의 자랑이야!"

"고마워. 너도 같이 나왔으면 좋았을 텐데, 아쉽다."

다온의 말에 진하가 숲에게 슬쩍 눈을 흘겼다.

"뭐 어쩔 수 없지. 그래도 너한테 얘기 실컷 전해 들었으니까 됐어. 야, 그래서 그 얘기 다시 해주라. 처음 이채랑 악수했을 때 어땠다고?"

진하의 질문에 다온은 수없이 했던 이야기를 되풀이했다. 그러는 동안 숲은 이어폰을 끼고 태블릿으로 뮤직비디오를 틀었다.

물론 숲도 뮤직비디오를 이미 보았다. 다온과 마찬가지로 최소한 50번은 보았다. 가상현실 버전은 아니었지만, 숲은 일반 버전 뮤직비디오만으로 충분하다고 생각했다.

엉뚱하고 사랑스러운 뮤직비디오였다. 이채는 친구들과 함께 등교하고, 교실에서 수업을 듣고, 쉬는 시간에 노닥거리고, 온실에서 식물을 관찰하고, 화장실에서 수다를 떨고, 강당에서 합창대회를 했다. 그러면서 내내 '곰돌이'를 의식하고 언제 사랑을 고백할지 타이밍을 재며 공상에 빠져들었다. 공상 속에서 이채는 노래를 부르고 춤을 췄다.

숲은 스토리보다 노래와 춤 부분이 마음에 들었다. 일단 곡이 중독성 있게 잘 뽑힌 것 같았다. 그리고 댄서들과 함께 춤추는 부분은 스튜디오에서 따로 찍은 후 짜깁기한 것이라 영상에서 처음 보았는데, 강렬했다. 댄서들 덕분에 이채가 더 돋보였고 배경은 더 드라마틱해졌다. 사랑이 선사하는 벅차오르는 설렘을 표현하기에 충분했다.

하지만 숲은 설레지 않았다.

예전이었다면, 그리고 숲이 이 학교 학생이 아니었다면 훨씬 설렜을 것 같았다. 하지만 프로젝트의 관계자가 되어버린 입장은 사뭇 달랐다. 뮤직비디오에 아주 짧게나마 등장하는 자신의 얼굴도 몰입을 방해했지만, 무엇보다도 거슬리는 건 이 영상에 나오는 인물들과 배경이 지나치게 가공되어 있다는 점이었다.

뮤직비디오 속에서 연강고등학교는 낭만적이고 환상적인 공간으로 변모했다. 탁한 공기는 일부러 그런 효과를 준 듯 아스라해 보였고, 아이들은 생기 넘치면서 행복해 보였다. 남루하고, 지저분하고, 그악스럽고, 서툴고, 비뚤어진 면모들은 무서울 만큼 감쪽같이 제거되어 있었다. 이채도 마찬가지였다. 물론 이채는 실물도 근사했지만 영상 속에서는 아예 살아 있는 사람 같지 않았다. 교복을 입은 천사 같았다. 숲이 아는 것과는 너무 달랐다.

가공된 것 자체는 괜찮았다. 숲이 일상을 보내는 곳이 실제보다 더 아름답게 묘사된 이미지들을 보는 것은 싫지 않았다. 숲과 같은 아이들에게도 기댈 만한 환상은 필요하니까. 문제는 기획사에서 그 환상을 '진짜'라고 속여서 판매한다는 점이었다. 대중은 아이돌이 진짜이기를 요구했고, 그래서 드림 엔터테인먼트는 이채가 진짜 모교에서 진짜 후배들과 함께 진짜 학교생활을 보여주는 뮤직비디오를 찍었다고 대대적으로 홍보했다. 반응은 폭발적이었다.

이건 그야말로 거짓말이었다.

따지고 보면 가상현실이라는 것 자체도 거짓말이었다. 한 각도에서 촬영한 영상을 인공지능으로 처리해서 360도로 감상 가능하게끔 만든 것이니까. 그러면 시청자가 보는 것은 결국 컴퓨터그래픽 아닌가?

대대적인 거짓말. 숲도 그 거짓말에 속아 넘어간 사람들 중 한 명이었다. 그래서 이채와 이채의 음악을 동일시하는 실수를 저질렀다. 사실 이채가 〈너라는 이름의 빛〉의 작사와 작곡에 참여한 몫은 아주 적다는 것을 깨닫고 숲은 배신감을 느꼈었다. 물론 크레디트만 보고 멋대로 확대해석한 숲의 잘못이긴 했지만, 만약 기획사에서 이채의 모든 것이 진짜라고 홍보하지 않았다면 숲도 그런 착각을 하지는 않았을 것이다.

늘 이런 거짓말을 해야 하는 이채의 기분은 어떨까?

숲은 음악실에서 이채가 했던 이야기를 떠올렸다. 자신의 학창 시절은 이렇지 않았다던, 그래서 연기할 때 몰입이 잘 안됐다던 이야기. 이채는 엷게 쓴웃음을 지으며 별일 아니라는 듯 말했지만 숲은 이채가 그렇게 무언가에 억지로 몰입해야 하는 일이 수없이 많으리라는 데에 생각이 미쳤다.

아이돌을 하려면 이럴 수밖에 없는 걸까? 다른 방법은 없나?

하지만 이런 걸 고민해 봤자 무슨 소용이 있나?

숲이 그런 생각을 하며 뮤직비디오를 보고 있을 때, 갑자기 다온 무리가 떠들썩해졌다. 숲은 그들의 대화를 듣고 싶지 않아서 이어폰을 귓구멍으로 더 깊이 밀어 넣었다. 이제 다온은 숲이 이어폰을 끼고 다닌다고 해서 괴롭히지 않았다. 예전보다 숲에게 무심해졌고 구태여 괴롭히기보다는 무시했다. 왜 그렇게 달라졌는지는 알 수 없었다. 이채에게서 한 소리 듣기라도 한 걸까? 나중에 무사히 데뷔하고 싶으면 숲을 더 이상 건드리지 말라고?

숲은 피식 웃었다. 이채가 숲을 위해 그렇게까지 해줬을 성싶지는 않았다. 그냥 망상이었다…

그런데 이어폰 밖에서 누군가의 목소리가 새어 들었다.

"이채 어떡해?"

어떡하긴 뭘 어떡해?

숲은 이어폰을 뺐다. 시끌벅적한 아이들의 말소리가 우르르 쏟아져 들어왔다.

"여기서 촬영하다가 걸린 거 아니야?"

"우리한테서 옮았다고?"

"그럼 우리 잘못이야?"

"많이 아픈가?"

"야, 당연히 많이 아프지, 쪼다야. 아칸타잖아."

뭐라고?

숲은 벌떡 일어나서 아이들에게 다가갔다. 저들끼리 떠들던 아이들이 숲을 보고 하나둘씩 입을 다물었다. 자신을 대놓고 경계하는 아이들에게 굴하지 않고 숲은 물었다.

"무슨 얘기를 하는 거야? 이채가 아파?"

다온이 들고 있던 태블릿을 숲에게 내밀었다.

"이걸 봐."

태블릿에는 헤드라인이 떠 있었다.

아이돌 이채, 아칸타 바이러스 확진
신곡 활동 전면 취소

수업이 끝나고 집에 도착하자마자 숲은 만사를 팽개치고 뉴스를 검색했다. '이채'와 '아칸타'로 검색하자 수많은 기사가 나왔다. 하지만 다 비슷비슷한 내용이었다. 이채가 아칸타 바이러스 확진 판정을 받았으며, 〈만나자, 지금〉 프로모션을 위한 모든 스케줄이 부득이하게 취소되었고, 이채는 치료를 받으며 안정을 취하고 있다고 했다. 그게 전부였다. 하긴 대중이 그 이상 알아야 할 필요는 없긴 했다.

하지만 숲은 자신이 더 알아야 할 권리가 있다고 느꼈다.

아칸타는 죽을 수도 있는 병이었다. 이채의 상태가 얼마나 심각한지, 어떤 증상을 보이는지, 어디에서 어떤 치료를 받고 있는지, 곁에 누가 있어주는지, 무엇을 먹고 있으며 몇 시간이나 자는지 알고 싶었다. 알아야 했다.

숲은 오디션을 주관했던 행정실 채널로 전화해, 이채나 이채의 매니저, 혹은 아무라도 드림 엔터테인먼트 측 담당자의 연락처를 알려달라고 부탁했다. 당연하게도 돌아온 대답은 거절이었다.

"학생에게 그런 것을 알려줄 수는 없어."

숲은 사정하다시피 말했다.

"이채 선배가 아프다고 하던데요. 다른 거 없어요. 그냥 안부를 묻고 싶어서 그래요."

"너희들 그 뉴스 때문에 다 뒤집어진 건 아는데, 그래도 개인적 연락은 안 된다니까…"

행정실 선생님이 말꼬리를 흐리더니 물었다.

"잠깐, 너 2학년 정숲이니?"

"네."

"아, 마침 잘됐다. 드림 엔터테인먼트에서 너한테 남긴 메시지가 있어."

선생님의 목소리에서 엷게 호기심이 배어났다. 숲은 가슴이 쿵쾅거렸다. 메시지라니? 어떤 메시지? 이채가 보낸 것일까?

짧은 순간 온갖 상상이 머릿속을 스쳤다. 좋은 상상도, 나쁜 상상도.

그런데 선생님이 전해준 메시지는 그 모든 상상 밖이었다.

35

정부에서는 동거인이 있거나 상태가 위중한 경우 격리 시설 입소를, 동거인이 없고 증세가 가벼운 경우 자택에서 원격 치료를 권했다. 이채는 이 방침이 늘 이상하다고 생각했다. 격리 시설은 비쌌다. 들어가고 싶다고 다 들어갈 수 있는 게 아니었다. 이채가 아주 어렸을 때, 엄마 아빠가 한집에서 살던 시절 온 가족이 아칸타에 걸린 적이 있었다. 그때 엄마 아빠는 본인들도 아프면서 이채를 정성껏 돌봐주었다. 이상한 꿈 같은 기억이었다. 이채는 자신의 이마를 어루만져 주던 엄마의 손을, 칭얼거리는 자신을 업고 달래주던 아빠의 등을 기억했다. 고통은 기억 속에서 휘발되고 애틋한 감정만 남았다.

이제 이채는 혼자 원격 치료를 받았다. 소속사에서 돌봄 로봇을 대여해 주었다. 로봇은 정해진 시간에 유동식과 약과 물을 주고, 이채의 수면 시간, 체온, 혈압, 심박수를 측정해 주치의에게 보고하고, 집 안을 이동할 때 부축해 주고, 홈 시스템과 연동해 방 안의 온도와 습도를 조절하고, 이채가 자는 동안 상태를 체크했다. 아로마 오일을 발라주거나 마사지를 해주거나 책을 읽어주기도 한다고 했지만 그 기능까지는 쓰지 않았다. 어차피 치료가 끝나고 나면 로봇도 이채의 곁을 떠날 터였다. 곧 떠날 존재에게 지나치게 의존하고 싶지 않았다. 무생물에게 과한 의미 부여를 할 필요 없다는 것을 알면서도 그냥 그런 마음이 들었다.

하루 종일 고열에 시달렸다. 뭘 먹으면 토하거나 설사하기 일쑤였다. 손에 힘이 안 들어가서 작은 물건도 놓쳤고 어지럼증 때문에 걷기도 힘들었다. 이불이 살갗에 스치기만 해도 불에 덴 듯 따가웠다. 이채는 침대에 누워 있다가 욕실만 겨우 왔다 갔다 했다. 로봇이 주는 환자용 유동식을 아기처럼 받아먹었다. 끔찍하도록 목에 안 넘어갔다. 기껏 먹고 나면 토했다. 그만 토하고 싶었다. 이제는 정말 그만하고 싶었다.

처음에는 무엇보다도 화가 났다. 얼마나 열심히 준비한 활동인데, 이번 싱글로 화려하게 재부상해 아이돌계를 제패하려고 단단히 별렀는데, 아칸타 때문에 말짱 도루묵이 되어버렸다. 온 세상이 원망스러웠다. 누구한테 옳은 걸까 하는 부질없는 의문도 품었다. 다온? 숲? 팬들도 소속사를 비난했다. 무리하게 대규모 대면 촬영을 진행해서 이 사달이 났다며 난리를 피웠다.

하지만 이틀 앓고 나니 그게 뭐가 중요한가 싶었다.

그 뒤로는 시간이 어떻게 지나가는지 알 수 없었다. 아픔마저
흐릿해졌다. 귀에 체온계를 가져다 대는 로봇이 엄마로 보였다.

"방금 재지 않았어?"

엄마가 부드럽게 말했다.

"마지막으로 체온을 잰 지 3시간이 지났습니다, 이채선 님."

"엄마, 나 음악을 듣고 싶어."

"어떤 음악을 듣고 싶으십니까?"

이채는 아무 대답도 하지 않았다.

그러고서 1분이 지났을까, 1시간이 지났을까, 이번에는 갑자
기 나타난 다온이 이렇게 말하는 소리가 들렸다.

"이채선 님이 위중증 단계에 진입한 것으로 판단, 구급대를 호
출합니다."

"싫어. 나는 집에 있을 거야. 어디에도 안 갈 거야."

이채가 또박또박 말했다.

"구급대를 호출합니다."

다온이 무미건조하게 말했다.

다음 순간, 집에 구급대원들이 들이닥쳤다. 이채는 방 한편에
서서, 들것에 실려 가는 자기 자신의 얼굴을 바라보고 있었다.
그런데 그게 이상하게 느껴지지 않았다. 눈을 감은 이채는 구급

대원들에게 중얼거렸다.

"저요… 꼭 듣고 싶은 음악이 있어요."

"어떤 음악이요?"

그리고는 다시 정신을 놓았다.

영원처럼 느껴지는 시간이 흘렀다. 시간은 빛이었다. 처음엔 작은 별 같은 것들이 두세 개 돋아나 반짝이더니 이내 수천, 수만 개로 번졌다. 빛들은 한데 뭉쳐 하나의 덩어리를 이루더니 긴 궤적을 그리며 어딘가로 날아갔다. 이채는 그 뒤를 쫓아갔다.

다다른 곳은 숲이었다. 숲에는 이름 모를 수많은 종류의 나무들이 있었다. 꽃을 피운 나무도, 열매를 맺은 나무도, 낙엽을 떨어뜨리는 나무도, 앙상한 나무도 있었다. 안개비가 내려 공기가 촉촉했고 흙과 풀이 발바닥에 엉겨 붙었다. 이채는 빛무리를 따라 걸었다. 빛은 작은 호수와 새들이 지은 집과 잠든 노루들과 누군가가 잃어버린 화살과 커다란 곰의 발자국을 보여주었다. 그렇게 점점 걷다 보니 길은 좁아지고 숲은 더 울창해졌다. 잎과 가지 들이 빽빽하게 뒤얽혀 비를 가렸고 짙은 어둠 속에서 빛무리만 맴돌았다. 이채는 빛이 어둠을 없애지도, 빛이 어둠에 묻히지도 않는 것을 보고 경이로워했다. 그리고 죽어가는 자신의 몸을 느꼈다. 이처럼 선명하게, 이처럼 진실되게 자신의 몸을 감각한 것은 처음이었다. 그 감각 속에서 이채라는 관념은 순수하게 타올랐다.

이젠 괜찮아. 다 괜찮다.

그렇게 생각한 순간 눈앞에서 어둠과 빛이 동시에 사그라들었다. 그리고 숲이 점점 넓어지면서 온 세상이 되었다. 일렁이는 물결 소리, 새와 노루들의 울음소리, 바람을 꿰뚫고 날아가는 화살 소리, 풀을 밟고 걸어가는 곰의 발소리가 들렸고, 곧이어 세상의 모든 소리가 왁자하게 귀로 쏟아져 들어왔다. 엄청나게 시끄러우면서 평화로웠다. 이채는 그 모든 소리를 동시에 들으면서도 하나하나를 구분할 수 있었다. 그리고 그중에서 들려오는 하나의 분명한 선율이 있었다. 규칙적인 리듬을 타고 맥동처럼 번져 오는. 아주 친숙하고, 아주 상냥한.

그 소리가 이채를 일으켰다.

이채는 눈을 떴다.

"이채야, 정신 들어?"

하얀 방이 보였다. 주위가 너무나 조용해서 낯설었다. 방금 전까지 이채가 경험한 찬란한 시끄러움과는 사뭇 다른 세계였다. 그리고 눈앞에서 미경이 울고 있었다. 이채는 미경이 왜 우는지 이해하지 못했다.

"언니."

목 깊이 잠겨 있던 목소리가 입으로 새어 나왔다. 투박하고 불완전한 목소리였다. 미경이 소리를 질렀다.

"세상에! 하느님 감사합니다!"

미경이 벽의 버튼을 누르더니 스피커에 대고 환자가 의식을 차렸다고 말했다. 태블릿으로도 누군가와 연락을 취했다. 이채는 그동안 가만히 누워서 기다렸다. 손가락과 발가락을 천천히 움직여 보았다. 몸이 물속에 있는 듯 무겁고 느렸지만 의식은 또렷했다. 그 어느 때보다.

"지금이 며칠이야?"

미경이 눈물을 닦으며 말했다.

"너 닷새 만에 깨어난 거야. 하마터면 죽을 뻔했어!"

"그래?"

이상하게도 그게 뭐 대수인가 싶었다. 이채의 초연한 태도에 미경은 놀란 듯했다.

"기쁘지도 않니? 아니, 그래, 너 아직 정신이 없구나. 그렇겠지. 말하기 힘들지는 않니?"

이채는 곰곰이 생각에 잠겼다. 기쁜가? 살아났다는 게? 굳이 따지자면 오히려 그 반대였다. 삶은 엉망진창이었고 변한 것은 아무것도 없었다. 그러나 이채는 이제 할 일이 있었다. 죽었다면 굳이 할 필요가 없었겠지만, 이채는 어쩌다 보니 살았고, 살아 있기에 하고 싶은 일이, 해야 할 일이 있었다.

"언니, 나 대표님한테 할 얘기가 있어."

"뭔데? 나한테 얘기해."

"정숲이 만든 노래가 있어. 그 노래를 사줘. 내가 부르고 싶어."

미경이 아연한 표정으로 대꾸했다.

"일은 생각하지 마. 회복이 우선이야. 너는 아무 생각 없이 쉬기만 하면…"

"언니, 나 그 노래를 부르고 싶어."

이채는 단호하게 말했다.

마음속에서 멜로디가 희미하게 떠올랐다. 꿈속에서 들었던 소리들이 아주 먼 전생의 기억처럼 먹먹한 귓가를 맴돌고 썰물처럼 빠져나갔다. 기이한 감동만이 남은 빈자리는 허전하고 쓸쓸했지만, 이내 그 자리 위로 숲의 얼굴이 떠올랐다. 빙그레 웃음이 나왔다.

숲이 보고 싶었다.

이채는 생각했다. 노래 제목은 〈너라는 이름의 숲〉으로 해야겠다고.

저는 여자 아이돌, 이른바 '여돌'들을 좋아해 왔습니다. 여돌은 저에게 환상적인 세계를 보여줍니다. 무료한 일상을 색색으로 물들이는 기쁨과 감동을 주기도 하고, 힘든 시간을 어루만져 주는 위안을 주기도 하고, 역경과 부당함에 맞서 싸울 힘과 용기를 불어넣어 주기도 하며, 내가 혼자가 아니라는 연대감을 주기도 하지요. 그러나 한편으로, 여돌을 좋아하는 일이란 이상하고 고통스럽습니다. 여돌은 흔히 현대 케이팝 산업의 피해자라고 합니다. 그들은 무리한 다이어트와 미용 시술과 성형 수술을 감내하며 대중의 가혹한 외모 평가에 시달립니다. 충분히 먹고 놀고 자고 공부하며 자라야 할 청소년 시기에 성인도 소화하기 어려운 스케줄을 감당하며 노동하고, 카메라 앞에서 끊임없이 대상

화되며 온갖 악의적 소문과 여론에 노출되지요. 때로는 제가 이들을 좋아하는 것이 이들이 겪는 착취와 고통에 기여하는 행위는 아닐까 염려스럽습니다.

『너라는 이름의 숲』은 이런 모순에서 출발했습니다. 누군가를 향한 지극히 개인적인 사랑과 진심이 거대한 폭력적 산업을 지탱할 수도 있다는 것은 나에게 풀리지 않는 숙제입니다. 그럼에도 그 사랑이 진실이 아니게 되는 것은 아니라는 점 또한 신비로운 일이지요. 명쾌한 한마디로 정리할 수도, 해결할 수도 없는 일이야말로 문학의 영원한 주제 중 하나인 것 같습니다. 이 소설이 손쉬운 답보다는 더 많은 질문으로 독자들에게 다가갈 수 있다면 더 바랄 나위가 없겠습니다.

더불어 이 소설은 길었던 팬데믹 시기가 저에게 준 충격의 산물이기도 합니다. 비대면 생활이 끝나지 않는다면, 이 생활 양식의 변화가 항구적이고 근본적이라면 어쩌나 하는 의문과 불안이 저를 사로잡았어요. 『너라는 이름의 숲』의 출간을 앞둔 지금 시점의 한국에서 코로나19 유행은 사실상 종식되었지만, 가속화되는 기후 위기와 생태계 파괴 때문에 앞으로도 또 다른 신종 감염병들이 계속 발생할 것이라는 전망은 종식되지 않았습니다. 지금 우리는 길고 느린 대재앙의 과정에 서 있는지도 몰라요. 저는 "세상은 이렇게 끝나는구나 / 쾅 소리가 아닌 훌쩍임과 함께"라고 노래했던 T. S.엘리엇에게 동의합니다. 재앙은 스펙터클한 블록버스터 영화와 같은 것이 아니라, 지지부진하고, 지리멸렬하며, 끝없는 우울과 애도되지 못한 슬픔을 동반하는 경험일 것이라고요. 지금 당장 우리 자신을 바꾸지 않는다면 미래를 구할 수도 없을 것입니다. 우리는 이미 미래에 있기 때문입니다.

『너라는 이름의 숲』은 제가 처음으로 완결한 장편소설입니다. 첫 장편이 세상에 나온다니 아직 실감이 나지 않고 얼떨떨한 기분이네요. 제 작품 세계를 기꺼이 믿어준 신소윤 님, 독자들의 손에서 작품이 거듭 새로 태어날 수 있도록 해주신 허블 편집부의 많은 분들, 그리고 소설을 읽어주고 귀한 조언을 해준 우예은 님에게 감사드립니다. 또한 영상 통화 팬사인회에서 제 창작 활동을 응원해 준 러블리즈 류수정 님에게도 감사드립니다. 저도 수정 님의 창작 활동을 열렬히 응원합니다.

2023년 여름
아밀

너라는 이름의 숲

ⓒ 아밀, 2023. Printed in Seoul, Korea

초판 1쇄 찍은날	2023년 8월 7일
초판 1쇄 펴낸날	2023년 8월 15일
지은이	아밀
펴낸이	한성봉
편집	김학제·신소윤·권지연·전소연
콘텐츠제작	안상준
디자인	권선우·최세정
마케팅	박신용·오주형·강은혜·박민지·이예지
경영지원	국지연·송인경
펴낸곳	허블
등록	2017년 4월 24일 제2017-000050호
주소	서울시 중구 퇴계로30길 15-8 [필동1가 26] 2층
페이스북	www.facebook.com/dongasiabooks
트위터	twitter.com/in_hubble
인스타그램	www.instagram.com/dongasiabook
블로그	blog.naver.com/dongasiabook
홈페이지	hubble.page
전자우편	dongasiabook@naver.com
전화	02) 757-9724, 5
팩스	02) 757-9726
ISBN	979-11-93078-04-4 03810

※ 허블은 동아시아 출판사의 SF 브랜드입니다.
※ 잘못된 책은 구입하신 서점에서 바꿔드립니다.

만든 사람들

책임편집	신소윤
크로스교열	안상준
디자인	권선우
일러스트	권선우
본문조판	최세정